밤 하 늘 은
올 려 다 보 는
그 대 에 게
상 냥 하 게

마쿠라기 미루타 지음
손지상 옮김

제우미디어

밤하늘은 올려다보는 그대에게 상냥하게

마쿠라기 미루타 지음
오카즈 일러스트
손지상 옮김

JMbooks

1장
—
밤은
눈부시게
아름다워

yozora wa
miageru
kimi ni
yasashiku

그때 우리는 '연인'이 아니었다.

그렇다고 '친구 사이' 같은 느낌도 아니었다.

관계가 없지는 않지만 그렇다고 아직 아무 관계도 아니었던 그 날 밤. 그때 우리 관계에 어울리는 말을 굳이 고른다면 아마 "다음에 봐요."가 아니었을까?

☾

시부야역 앞. 대각선 횡단보도. 신호는 빨강. 녹색불로 바뀌길 기다리고 있지만, 한편으론 녹색불로 바뀌는 게 무섭기도 한 기분이라고 할까, 부끄럽지만 나는 이 횡단보도를 다른 사람과 한 번도 안 부딪치고 건너는 일이 없었다.

이름도 모르는, 무슨 생각을 하는지도 모를 누군가와 팔과 어깨가 스칠 때마다 내 안의 무언가도 확실하게 닳아 사라져간다.

그러니까 녹색불로 바뀌지 말아줘.

사람이 움직이기 시작했다. 앞에 선 사람에게 이끌려서, 아니 그렇다기보단 뒤에 있는 사람에게 살짝 떠밀려서 나는 걸음을 뗐다. 횡단보도는 눈 깜짝할 새 인파로 가득했다.

가슴 앞 몇 센티미터 앞으로 누군가가 가로질러 가기는 했는데, 금세 누군가가 가로질러 간 사실 자체를 잊어버린 양 나는 걷는다.

예쁜 백인 소녀. 형형색색 빛을 뿜는 훌라후프를 횡단보도 한가운데에서 허리로 돌리기 시작했다. 셀카봉을 든 여고생 셋은 걸어가면서 능숙하게 셀카 포즈. 반대편 신호등 언저리에는 '프리 허그(Free Hugs)'라고 쓴 하얀 플래카드가 걸려 있다. 누군지도 모르는 남녀가 짧은 포옹을 나누는 광경을 공짜로 보았다.

대각선 횡단보도를 건너면 수많은 유리창으로 빛나는 빌딩이 보이는데, 이 빌딩에 입점한 가게는 모르는 이 하나 없을 정도로 유명한 츠타야 시부야점이다. 하치코 앞이랑 비슷할 정도로 츠타야 앞은 약속장소로 인기다. 오늘 밤도 누군가가 누군가를 기다리고 있다.

그러는 나는 어떤가? 아무도 기다리고 있지 않았다.

아무도 날 찾지 않았다.

나는 모든 것을 두고 떠나는 양 한밤중에 시부야를 걸어 다녔다. 이 거리에서 유일하게 심호흡할 수 있는 특별한 장소를 향해.

'밤하늘 좋아하시는 분, 대환영 ♪'

라는 문구가 반년 전, 아르바이트 정보 사이트를 훑어 보고 있는 내 눈을 찔렀다. 밤하늘은 좋아하지도 싫어하 지도 않았다. 그렇지만, 일자리의 '시급'과 '시간대'에 관심 이 간 나는 이력서를 썼다. 이력서 지원동기는 쓰기가 몹 시 어렵지는 않았지만, '업무 내용'의 구체적인 정보가 적 혀있지 않았다.

'상세한 업무 내용은 면접 때 말씀드리겠습니다. 우선은 아래 적은 주소로 사진을 넣은 이력서를 보내주십시오.'

지원동기에 쓴 문장은 지금도 기억난다.

나는 '밤하늘 엄청 좋아합니다!' 같은 거짓말은 못 하고, 대신 밤하늘을 모티프 삼은, 내가 사랑하는 문학 작품 몇 가지를 이야기했다. 마키노 신이치의 '달빛 마라톤'이니, 오가와 미메이 의 '달밤과 안경'이니. 이런 작품, 대부분 모르겠지? 아주 옛날 소설 작품이니까. 하지만, 한 번 불

붙은 내 글은 멈추지 않았다.

엉뚱한 소리를 한 게 아닐까, 하고 냉정하게 돌아보게 된 때는 이미 이력서 투고 후. 후회는 일 저지르기 전에 찾아오지 않는 법. 서류통과도 못하겠지, 하고 생각해 다른 아르바이트를 찾기 시작하던 바로 그때,

"요코모리 다스쿠 씨 전화번호 맞나요?"

채용 담당자로부터 전화가. 꼭 면접 보러 와줬으면 좋겠다, 란다.

나는 지원동기에 주제에서 벗어난 문학 사랑을 늘어놓은 부끄러움을 필사적으로 억누르며, 면접 희망일을 전했다. 그 자리에서 면접날이 정해졌다.

그때,

"어떤 종류의 일인가요?"

결국 못 참고 물어보고 말았다.

그러자, 전화 통화를 하던 여성은 목소리 하나 안 변하고,

"밤하늘을 올려다보시는 일입니다."

라고 말했다.

밤하늘을 올려다본다. 그런 일이 진짜 있나? 하고 의심한, 반년 전의 나 자신에게 지금의 내가 메시지를 보낸다

고 한다면,

"진짜 있어, 바로 여기."

라고 보내겠지.

같은 이런저런 생각을 하면서, 다용도 빌딩 안으로 들어갔다. 꼭대기인 10층까지 엘리베이터를 타고, 일단 사무실에 들른 다음, 통로 안쪽 비상구를 나섰다. 계단이 빌딩 외벽을 따라 늘어섰다. 발판이 그물로 되어있어 바로 아래 골목길이 비쳐 보인다. 우물쭈물 올라가던 때도 있었지.

이 동네에서 유일하게 마음껏 심호흡할 수 있는 장소가, 외부 계단을 올라온 바로 이곳에 있다.

밤의 옥상.

시부야 대각선 횡단보도에서 그리 멀지 않은 10층짜리 다용도 빌딩, 그 옥상에 나는 발을 들였다.

옥상은 빛에서 멀어져 새까맣다. 발 언저리 콘크리트는 한낮에는 회색일지 모르나, 지금은 잉크를 쏟아부은 것처럼 검었다.

양쪽 옆 빌딩 옥상도 비슷한 높이라, 똑같이 어둡다. 옥상에서, 옥상으로, 다시 옥상에. 옥상은 모두 어둠으로 이어져 있다.

크게 숨을 들이쉬고.

내쉰다.

공기는 별로지만, 몸이 가벼워진다.

머리도 텅 빈다.

이 장소는 내게, 아무 생각도 하지 않아도 된다고 허락한다. 나는 이 허락을 갈구했다. 이 허락이 사랑스러웠다.

스마트폰으로 시간을 확인한다.

오후 여덟 시까지 여유가 있지만, 나는 준비하기 시작했다.

옥상 구석에 멀뚱히 서 있는 작은 창고 앞으로. 스마트폰 불빛을 다이얼식 자물쇠에 대고 숫자를 맞춘다. 창고를 열고 난 뒤, 이번에는 실내등 불에 기대 필요한 도구 등을 모두 옥상으로 옮긴다.

의자와 테이블은 옥상 한가운데에 놓았다.

어둡기는 해도, 정면 도로에 가까울수록 옥상의 빛이 밝아진다. 손수레에 실은 플라스틱 컨테이너는 밝은 울타리 쪽 근처에 두었다.

컨테이너 안을 열어, 가스통이나 로프, 케이블 등을 꺼낸다.

가장 아래에 있는 게 오늘 밤 주역이었다. 주인공 '반죽'이다. 나는 이를 옥상에 얇게 펼쳤다.

가스통에 호스를 연결하고. 옥상의 튀어나온 부분에 게양대에 쓰는 로프를 걸고. 간이 테이블에 있는 작업용 컴퓨터에 케이블을 접속하고.

한 번 더, 심호흡했다.

이제부터가 가장 긴장되는 작업이었다.

접이식 의자에 앉으면서 천천히, 정말 천천히 헬륨 가스통 밸브를 열어, 조금씩 조금씩 반죽을 부풀려간다. 속도에서 실수하면 반죽이 터지고 만다. 신중하게, 신중하게.

그러자, 반죽이 팬케이크처럼 부풀기 시작했다.

팽창은 순조로워 보였다.

그대로 볼록 부풀어 올라, 둥실 떠오르기 시작했다. 옥상을 박차고 부와아앙, 하고 떠올라 밤하늘 한가운데에 멈추었다. 게양용 로프로 붙들어 매서 날아가 버릴 걱정은 없었다.

이미 '평면'이 아니었다.

완전한 구체.

여덟 시가 되기를 기다려서,

'점화'

전원을 넣었다.

밤하늘에 떠오른 커다란 공에 어슴푸레, 빛이 감돈다.

옥상 구석구석까지 부드럽게 밝아온다. 주변 옥상과도 어둠이 아닌 빛으로 이어졌다.

밤하늘에 떠오른 빛나는 구체는 애드벌룬이었다.

그냥 애드벌룬이 아니다.

야광 애드벌룬.

맞다.

내 일이란 빌딩 옥상에서 야광 애드벌룬을 감시하는 일이었다.

애드벌룬은 커다란 기구(氣球)를 사용하는 광고 수법 중하나다. 그리고 야광 애드벌룬이란 빛나는 기구를 이용한 야간용 애드벌룬.

애드벌룬 하면 족자 같은 모양을 한 세로로 긴 '그물 현수막'이 기구에 매달려있기 마련. 광고주가 누구냐에 따라 다르기는 하지만, 보통 〈오늘 그랜드 오픈〉이나, 〈재고정리 세일 중!!〉 같은 게 적혀있다…….

……만, 그러나.

지금은 밤이다.

그냥 '그물 현수막'으로는 어두워서 글자를 못 읽는다.

야광 애드벌룬에 쓰는 그물 현수막에는 특수한 그물을 사용한다. 소재가 무엇인지까지는 모르지만, 겉면에 무수히 많은 소형 램프를 박아 놓아서, 램프 불빛으로 문자를 표현한다. 멀리서 보면 추억이 솟는 전구 불빛 메시지다.

이 야간용 '그물 현수막'을 우리들은 밤(夜)의 천(布)이라고 쓰고 '야후(夜布)'라고 읽는다. 어디까지나 임시방편 이름이지만.

아직은 기구만 빛나고 있다. 기구 아래 매달린 야후는 아직 까맣다. 아무런 글자도 표시하지 않고 있다.

마지막 작업이 남아있었다.

나는 컴퓨터로 전용 사이트에 접속한 다음 평소 하던 대로 야광 애드벌룬과 SNS '오퍼스(Opus)'를 연결했다.

바로 스마트폰을 꺼내 들고, 내 오퍼스 계정에 로그인한다.

심호흡.

어깨 힘 빼고.

나는 이 밤에 어울리는 〈SNS글〉을 발신했다.

그러자 내 〈SNS글〉이 얼마 지나지 않아 애드벌룬 야후에 전구 불빛 메시지로 반영되었다.

〉〉오늘 밤, 넌 무슨 글을 올릴 거야?

야광 애드벌룬은 SNS 오퍼스를 더욱더 많은 사람에게 알리기 위해 만든 거대한 야간 광고다.

오퍼스 사용자라면 누구든 "#야후에_실어줘"라고 해시태그를 붙이기만 하면 〈SNS글〉을 애드벌룬 야후에 반영할 수 있다.

반영 가능한 문자수는 20자 이내. 이모티콘은 사용할 수 없다. 컴플레인이 걸릴 만한 〈SNS글〉은 자동으로 배제한다.

〈SNS글〉 하나가 표시되는 시간은 몇 초 정도밖에 안 되지만, 짧은 문장이라 쉽게 읽힌다. 정신 차려보면 다음 〈SNS글〉이 야후를 빛내기도. 하지만, 곧 사라지고, 또다시 누군가가 쓴 다른 〈SNS글〉이…… 그렇게, 야후 위에 전구 불빛 메시지 표시가 끝없이 깜빡인다.

시부야.

그리고 애드벌룬.

변해가는 거리의 밤공기에 고풍스러운 물체가 빛을 뿜으며 흔들린다. 그런 갭이 있는 광경에 많은 사람의 눈이 이끌리고 있었다. 야광 애드벌룬을 띄우기 시작한 뒤로 애플리케이션 다운로드 수가 비약적으로 늘어났다고 한다.

나는 '오퍼스' 본사 마케팅팀에 전화를 걸고,

"요코모리인데요, 애드벌룬 이상 없습니다."

하고 보고를 넣었다.

한밤의 봄바람이 현수막을 흔든다.

흔들리면서도 야후는 잊지 않고 〈SNS글〉을 바꿔나갔다. 이 밤을 보내는 누군가의 목소리를 전구 불빛 메시지로 제대로 바꿔서, 해방하고 있었다.

〉〉시부야 나우.

라는 〈SNS글〉이 지금 야후에 표시됐는데, 다음 순간에는,

〉〉여자친구한테 차였다. 이 밤을 못 잊어.

로 바뀌었다. 그것조차 곧바로,

〉〉내일부터 다이어트♪

로 바뀌었다.

〉〉천지신명이시여, 상사를 다카하시 잇세이로 바꿔주세요!

기본적으로 야후에 표시되는 〈SNS글〉은 서로 간에 맥락이 없다.

〉〉내일부터 꼭 다이어트해. 농땡이 피우지 마.

다만, 이렇게 "답장"을 하는 사람도 적지 않다.

말할 것도 없이 〈SNS글〉이란 목소리(声)와 같다. 그래서

애드벌룬 야후에 〈SNS글〉을 날려대는 사람을 〈생도*〉라 부른다.

감시원인 나는 애드벌룬이 날아가지 않도록 지켜본다. 동시에 야후 글자표시가 제대로 되는지도 확인한다.

밤하늘을 올려다보는 일이란 이런 뜻이었다.

재밌을 것 같은 일이네, 라는 첫인상. 하지만 실제로 해보니, 올려다보기만 해서 목이 아픈 일이다. 나는 얇은 회색 파카를 벗어 접이식 의자 등받이에 덮고, 자리에서 일어나 기지개를 켰다.

그리고 가방을 열어 라디오를 꺼낸다. 같은 회사 사람인 미토준의 라디오를 밑의 사무실에서 가져온 것이다.

미토준한테 빌려준 돈도 있으니, 이까짓 라디오 하나 맘대로 가지고 나오는 거로 양심의 가책 따위를 느끼진 않는다.

라디오를 켠다. 그러자 바로 이런 뉴스가.

'시부야구를 대상으로 한 계획정전 시행이 확정되었습니다.'

속보 느낌이 나는 말투다.

시행 날은 6월 30일. 밤 아홉 시부터 시작될 예정이라고

---

* 원문은 '세이토声徒'로, 생도를 의미하는 '세이토生徒'와 한자만 다르게 하여 만든 신조어이다. 여기서는 저자의 의도와 의미를 통하게 하기 위해서 '생도'로 번역하였다.

한다.

　내 예상대로, 〈생도〉들 반응이 빨랐다.

　〉〉계획정전 in 시부야 (웃음)

　〉〉뭐야, 두 달 더 있어야 되네.

　〉〉시부야 멸망

　나는 상상해 보았다. 시부야에서 불빛이 사라진 밤. 그 밤에 욕먹을 각오로 이 야광 애드벌룬을 띄워보고 싶다. 분명 아름다울 거야. 망상은 더욱 커진다. 게양용 로프를 옥상 돌기에서 풀어내고, 밤하늘로 애드벌룬을 놓아준다.

　실현 불가능한 망상은 아니었다. 옥상 창고에는 애드벌룬 불에 혹시라도 무슨 일이 생겼을 때를 대비한 '예비전력장치'가 있었다.

　두근거리는 이 기분 그대로, 나는 글을 올렸다.

　〉〉대정전의 밤도 분명 즐거울 거야.

　나는 이 일을 시작하면서부터, 밤을 좋아하게 되었다.

　내 목소리를 듣고 반응한 사람들의 목소리가 야후에 나타났다가, 사라지고, 다시 나타났다. 동조하는 목소리가 많았기 때문에, 그 〈SNS글〉에는 무언가에 찔리는 기분이 들었다.

>>밤이 무서운 사람도 있거든요.

　　　　　　　　　　　☾

　애드벌룬 감시 아르바이트를 한 밤 다음날, 아무렇지도
않게 사립중학교 교단에 서서 수업을 하는 나 자신이 신
기했다.

　기묘한 현실이었다.

　밤하늘을 올려다보던 나를 지금은 내 반도 살지 않은 중
학교 2학년 아이들이 올려다보고 있다.

　낮 동안 나는 중학교 교사였다.

　학교 선생님이라고 하면, 거창하게 들리는 구석이 있을
수 있지만, 전혀 그렇지 않다.

　나는 비정규 고용으로, 소위 말하는 '기간제 교사'라는
신분이었다.

　아무 반이든 가서 담당 과목인 국어를 가르친다. 그 외
학교행사나 학생들 학교생활에는 간섭하지 않는다. 담임
선생님으로서 학급을 책임지는 일도 없다.

　"오늘 읽은 소설은 '마음'입니다. 작가는 나쓰메 소세키.
메이지 시대를 대표하는 작가입니다. 소세키는 저 같은

학교 선생님을 했던 시기도 있어요."

교과서에는 나오지 않는 외부의 무언가가 학생의 흥미를 끄는 법이다. 수업 중 나는 학생을 위해 '딴 길'로 새곤 한다.

"자, 그런 소세키에게 이런 일화가 남아있는데요……."

하고 말하며, 나는 칠판에 'I Love You'라고 썼다. 영어 아래에 가타카나로 '아이 러브 유'라고 읽는 법도 덧붙여서.

나쓰메 소세키는 한 때 'I Love You'를 '사랑합니다' 말고 독특한 표현으로 번역했다. 유명하면서 또 로맨틱한 '비밀의 번역'으로 전해지고 있다.

"소세키는 도대체 뭐라고 번역했을까요?"

역시 알고 있는 학생은 없는 모양이다.

"집에 가면 어머니나 아버지께 여쭤보세요. 그래도 모르겠다면 인터넷으로 검색해도 좋습니다. 아, 그리고……."

내가 낸 숙제는 하나 더 있었다.

"각자 나라면 'I Love You'라는 사랑 고백을 어떻게 번역할지 생각해보세요. 어떻게 번역하든 OK입니다. 소세키가 낸 답을 참고해서 다음 시간까지 생각해오세요. 재미있는 대답을 생각한 사람에게는 이번 시험 답을 알려드릴 게요. 거짓말이지만."

학생들이 웃어주었다. 웃음에 덮어씌우듯 종이 울렸다.

학생들은 곧바로 전후좌우에 앉은 친구와 함께 답을 고민하기 시작했다. 교실 안이 지적인 화제로 활기가 돈다.

나는 수업 도구를 왼쪽 옆구리에 끼고 오른손으로 칠판지우개를 쥐었다.

"저기, 요코모리 선생님."

여학생 한 명이 나에게 다가왔다. 앞머리가 살짝 짧은 여자아이. 다듬지 않은 자연스러운 눈썹이 신이 났는지 살짝 올라가 있다.

"아, 벌써 가시려고요?"

내가 갈 준비를 마친 모습을 보고 여학생의 눈썹이 내려간다.

"아니, 아직 안 가."

안아 든 수업 도구도, 손에 쥔 칠판지우개도 아까 있던 자리에 돌려놓고, 나는 여학생을 안심시켰다.

"다행이다." 여자아이는 안도의 표정을 띤다.

그 직후, 누군가 교단 위에 올라온 것이 미세한 진동으로 느껴졌다. 뒤돌아보니, 여학생 마키세 아스카가 칠판지우개를 들고 있었다. 굴절된 구석 없는 미소로 내게 '칠판은 제게 맡겨주세요.' 하고 말하는 것 같다.

고마워. 눈으로 인사한 나. 친절한 마키세에게 맡기기로 하고, 다시 앞을 보았다.

"무슨 일이니? 수업 질문?"

물어보니,

"선생님 있죠."

하고, 갑자기 우물쭈물하기 시작하는 여자아이.

"……결혼하셨어요?"

"결혼?"

나는 살짝 소리를 높였다.

"아니, 안 했어. 선생님 주제에 어떻게 하겠니."

"이렇게 멋있으신데요?"

소녀가 발그레 볼을 붉힌다.

"안 멋있어."

내가 말하자, 여자아이 등 뒤에서 단짝친구 세 명도 튀어나왔다. 모두 여자아이. 그중 한 명이 볼을 빨갛게 물들인 친구를 향해 말했다.

"고백 똑바로 했어? 선생님한테 알러뷰우."

"하지마아."

주변 친구가 웃는다.

나도 웃었다.

기간제 교사인 나는 수업만 끝나면 바로 돌아간다. 학교 측에서도 수업이 끝난 내게 더 볼일은 없었다. 교실에 남아 학생이랑 이야기하는 것은 좋아하지만, 다른 정규직 선생님 눈에 띄면 좋을 게 없다.

그래서 종이 치면 바로 짐을 챙겨서 깨끗이 칠판을 지우고 바로 교실에서 나가려고 하는데, 어찌 되었든 간에 (주로 여)학생들에게 매일 이렇게 붙잡히고 만다. 하지만 나도 모르게 그게 기뻤다.

여학생들은 장난치는 것인지 진심인 것인지, 나더러 꽃미남이라고 불렀다. 나는 스스로가 멋있다고 생각해 본 적이 없다.

"에이, 아니거든요." 반에서 목소리 큰 여학생이 진지한 얼굴로 말했다. "우리 반 남자애들보다 100배는 멋있거든요. 자신감을 더 가지셔도 돼요, 선생님."

중학생 남자애와 비교당하는 스물일곱 살 남자인 나.

"고, 고마워."

또, 웃는다. 나도 따라 웃었다.

웃으면서 마키세를 눈으로 좇았다. 나 대신 칠판을 다

지우고 자기 자리로 돌아간다. 창가 자리였다. 앉으면 항상 문고본을 펼친다.

마키세 얼굴에서 웃음이 사라진다. 그 이유를 눈치챈 나는 더 이상 웃지 않았다.

"아, 미안. 잠깐만."

하고, 나를 둘러싼 여자아이들에게 손으로 미안함을 표하면서 말하고, 교단을 내려온다. 곧바로 마키세 자리로 향한다.

마키세는 독서를 하고 있었지만, 실은 지금 당장이라도 이 자리에서 도망치고 싶었을 것이다. 마키세 자리에서 대각선으로 빗겨 난 앞쪽에 선 순간 나는 가슴이 저렸다.

안쪽으로 웨이브 진 깨끗한 검은 머리카락에 작게 하얀 무언가가 몇 개 붙어있었다. 자세히 보니 지우개 가루가 확실했다. 또다시 작은 지우개 가루가 하나 마키세의 정수리 언저리에 올라왔다. 매정한 웃음소리가 울려 퍼진다.

이런 일을 혼내는데 익숙하지 않았다. 그렇지만, 각오를 다진다. 그렇게 목소리가 입에서 튀어나오려고 할 때.

⋯⋯튀어나왔다. 이번에는 지우개 가루가 아니라, 설마 했던 여자아이. 대각선 뒤쪽에서 튀어나온 아이는 내 앞에 서자마자, 문제의 여자아이 그룹을 날카롭게 노려보았

다. 살기마저 느껴질 정도다.

의외였다.

튀어나온 아이, 구미카와 사나에는 반에서 가장 문과 스타일의 여자아이였다. 검은 머리는 두 귀 너머로 넘기고, 둥근 안경까지 쓰고 있다. 이렇게 기가 센 여자아이라고는 생각도 못 했다.

일촉즉발. 위험한 분위기가 주변에 가득 차오른다. 바로 환기가 필요했다. 나는 구미카와 앞으로 끼어들어 상황을 중재했다.

어른인 내가 끼어들자 어느 정도는 분위기가 풀렸다. 어느 쪽이 나쁜가 같은 이야기는 하지 않았다. 나는 그녀들 사정을 하나도 모른다.

구미카와가 마키세의 머리에 붙은 지우개 가루를 털어준다.

"고마워."

마키세가 문고본에서 눈을 떼고, 고개를 들었다.

"가만히 있어."

하고 쿠미카와는 말만 엄하게 상냥한 손짓으로 가루를 마저 털어주었다.

"요코모리 씨."

교실을 나오자마자 누군가가 나를 불러 세웠다.

수학 담당 사에키 선생이 벽에 등을 대고 서 있었다. 사에키 선생은 나보다 세 살 아래인 정규직 교사다.

사에키 선생은 나를 "요코모리 **선생님**."이라고 부르는 법이 없었다.

"아, 죄송합니다."

나는 반사적으로 사과했다.

"쉬는 시간이라고 너무 오래 있었지요? 다음 수업 수학 시간인데 깜빡했습니다."

"아니, 그런 문제가 아니라요."

사에키 선생은 은테 안경이 어울리는 지적인 이목구비다. 그렇지만 어딘가 모르게 차가운 표정으로 느껴지는 구석도 없지는 않다.

"너무 나대지 않으셨으면 좋겠는데 말이죠."

"나댄다고요?"

"조금 전에 있었던 학생 간의 트러블. 요코모리 씨, 오지랖 부렸죠?"

"네."

"그게 나대는 거라고요."

그냥 두었으면 무조건 싸움이 났다. 어른이 끼어드는 행위는 그 자리에서 필수 불가결이었다. 나는 그렇게 설명했다.

그러자 사에키 선생은,

"저기요. 여긴 제가 담임이거든요?"

라고 말한다. 뭐랄까, 가시 돋친 말투다.

"요코모리 씨. 학생한테 인기 좀 있는 건 나쁘지 않다고 생각하는데요. 선을 넘으신 게 아닌가 싶네요. 제가 담임을 맡은 반 아이들끼리 싸우는 건 담임인 제가 알아서 할 테니까, 아시겠죠?"

종이 울린다.

"그럼."

하고, 사에키 선생은 교실로 향한다.

아무 생각도 하지 말자고, 걷기 시작하는 나.

복도에서 스쳐 지나가는 선생님들은 모두 내게 "수고하셨습니다." 하고 말을 걸었다. 그 말에 떠밀리기라도 하듯 나는 현관까지 흘러내려 갔다.

밖이 아직 밝다.

안 그러려고 했는데 살짝 생각에 잠기고 말았다.

사에키 선생의 "저기요, 여긴 제가 담임이거든요?"라는 말. 그 말에는 겉으로 보기보다 더 많은 의미가 담겨 있었다. 담임 맡을 반도 없는 주제에 까불지 말라는 비꼼.

딱히 신경 안 쓴다.

담임 안 맡으면 어때.

나는 그곳에 조금 더 있고 싶었을 뿐이다.

조금 더 학생들에게 이 세상에는 여러 가지 말이나 이야기가 있다는 사실을 알려주고 싶었다.

그러려고 교직원 자격증도 딴 것인데 나는 벌써 퇴근하려고 하고 있다. 그런 스스로가 믿어지지 않았다. 한심해서 부끄러웠다.

아무 생각도 하고 싶지 않아.

아무 생각도.

생각하지 않는 것만이 아픔에서 멀어지는 길이다.

그 옥상이 벌써 그리워졌다. 아무 생각도 하지 않아도 괜찮은 그 상냥한 옥상이.

어느새 밤을 기다린다.

SNS '오퍼스'란 무슨 뜻일까?

문득 든 생각에 찾아보았다.

말이나 목소리에는 혼이 담겨있다. 아무 생각 없이 누군가가 중얼거린 〈SNS글〉에도 혼이 담겨있고 하나의 독립된 '작품'이라고 볼 수 있다. 라틴어로 '작품(Opus)'을 뜻하는 '오퍼스'에는 그런 주장이 담겨있었다.

처음 알았다. 하나하나 중얼거린 〈SNS글〉이 작품이라니, 오버 아닌가? 그런 식으로 생각하면 편하게 글도 못 올린다.

그러면서도 한편으로는 '진실'이라고 느꼈다.

우리들은 아무거나 마구잡이로 〈SNS글〉로 올린다. 그렇게 자기 마음대로 발신하다 보니 자기도 모르는 사이에 중요한 것까지 같이 흘리고 마는 게 아닌가 하는 생각이 든다. 마치 시부야 대각선 횡단보도에서 누군지도 모르는 불특정다수의 누군가와 옷깃이 스칠 때 느끼는 묘한 상실감과 닮았다.

말이나 목소리에 혼이 깃든다라, 그럴 수도 있겠다.

혼은 그렇게 쉽게 불타는 게 아니다. 마음을 담아 태우는 것. 〈SNS글〉 하나하나 또한 그런 생각을 하며 발신하고 싶다.

밤하늘을 올려다봤다.

밝은 게 둥둥 떠 있다. 조용히 불타오르는 듯 보이기도 한다. 오늘 밤도 야광 애드벌룬은 밤을 살아가는 사람들의 〈SNS글〉을 긁어모으고 있다.

오퍼스를 켠다.

내 계정은 업무용 본계정과 개인용 부계정으로 두 개. 업무용 계정으로 로그인했다. 닉네임은 '벌룬 선생님'. 프로필 사진은 야광 애드벌룬. 자기소개에는 〈SNS글〉을 야후로 보내는 방법을 올려두었다.

벌룬 선생님은 〈생도〉들에게 인기가 높다.

내가 벌룬 선생님 계정으로 〈SNS글〉을 올리자마자 [어, 벌룬쌤이다]나 [오늘 밤도 잘 부탁드립니다] 같은 반응이 나오는 일도 드물지 않다.

그렇다고는 해도 나는 어디까지나 감시원. 거의 대부분의 근무시간을 야광 애드벌룬을 감시하는데 보낸다. 〈SNS글〉을 올리는 일은 어쩌다 한 번이면 된다.

시선을 기구에서 야후로 옮긴다.

야광문자가 번쩍, 번쩍, 바뀌고 있다. 템포가 무너지는 일은 없다. 독특한 리듬이지만 오늘은 묘하게 보는 마음이 편안하다. 심장박동과 겹쳐서 그런 모양이다.

나는 밤하늘에 빛나는 〈SNS글〉을 바라보았다.

〉〉한 잔 땡기는 기분

〉〉DVD 반납해야 하는데.

>>코이댄스*가 생각 안 나고 있어….

>>지금 회사의 노예 모드

>>나도 한 잔 땡기는 기분.

>>하치코 앞 -엄마.

>>지금부터 츠타야 앞에서 랩 배틀 뜹니다!

>>한 잔 당장

>>YO! YO!

>>시부야 인간 완전 많은데스메탈

>>오퍼스 요새 너무 렉 걸리는데? 조치 좀 부탁

>>내일 학교 땡땡이치려고요. 괜찮을까요?

>>하치코 앞 어머니는 어찌 되었을고

>>괜춘

>>앙대

>>야식 파르페

>>남한테 왜 물어

>>아까 그 엄마입니다. 딸이랑 만났어요.

이렇게 누군가의 〈SNS글〉에 귀를 기울이기만 해도 내 마음은 만족스럽다. 사에키 선생이 한 말 따위 같은 짜증 나는 일도 다 잊을 수 있다.

---

* 2016년 일본에서 크게 히트 친 드라마 '도망치는 건 부끄럽지만 도움이 된다'의 엔딩에 등장하는 춤

순간 눈을 의심했다.

〉〉밤이 무서운 사람도 있는데요.

어디서 본 적 있는 〈SNS글〉이 또 야후에 표시된 것 같은 기분이 들었는데 아마 착각이겠지. 헛것을 봤을 것이다.

어젯밤을 추억한다. '시부야구 계획정전'이 발표되자 〈생도〉들이 정전 이야기로 분위기가 달아올랐고 나, 벌룬 선생님도 흐름에 타려고,

〉〉대정전의 밤도, 분명 즐거울 거야.

라는 글을 올린 직후 있었던 사건. 잘 흐르던 맥을 끊는 그 〈SNS글〉이 야후를 뒤흔들었다.

야후에는 〈SNS글〉이 표시될 뿐이라서 누가 〈SNS글〉을 올렸는지는 오퍼스로 확인해야만 알 수 있다. 나는 그 〈밤이 무서운 사람도 있는데요.〉라는 말을 눈으로 본 순간 무언가에 마음을 찔려서 조금 망연자실했다. 순간 어떤 사람이 글을 올렸나 확인해볼까 하는 생각도 들었다. 하지만 일부러 검색을 하는 건 좀 아닌 것 같고. 결국 그 '밤이 무서우신 분'은 정체불명인 채였다.

무슨 이유로 밤이 무서운지까지는 제가 잘 모르겠지만요, 맥을 끊으면서까지 굳이 그런 〈SNS글〉을 올리실 필

요가 있나 싶은데요. 밤은 무섭지 않거든요. 밤은 말이죠, 눈부시게 즐거운 거거든요?

　〉〉오늘은 불금. 밤하늘에 건배♪

　타이밍을 노려서, 벌룬 선생님은 〈SNS글〉을 올렸다. 한 손에 잔을 들고.

　〉〉짜안~.

　〉〉아직 일하는 중이거든요!

　〉〉건배.

　하고, 〈생도〉들도 〈SNS글〉을 올리며 잔을 들어 올려준다. 벌룬 선생님의 잔에 〈생도〉들의 잔이 부딪쳐 소리가 울린다.

　아직 만나본 적도 없는 누군가와 이렇게 밤하늘 아래에서 서로 이어진다. 이런 일이 가능하다니. 행복을 느끼지 않을 수 없었다. 이런 가상의 인연에 행복을 느끼는 나 자신은 정말 구제불능으로 고독한 인간이었다.

　〉〉"완전 한밤스럽네", 무슨 뜻?

　하고, 〈SNS글〉을 또 올리는 나였다.

　이런 식으로 '넌센스'처럼 문제를 내면 분위기가 뜬다는 사실을 알고 있다. 예상적중. 바로 야후는 뜨거운 열을 뿜는 답안이 차례로 날아들었다.

〉〉순도 100% 과즙 한밤

〉〉역으로 아침

〉〉오카무라 야스유키의 '깔루아 밀크'를 듣는 것.

〉〉지금.

고독한 사람은 나만 있는 게 아니다. 이렇게 올라온 〈SNS글〉이 빛나는 야후를 보면서 생각한다. 다들 역시 조금은 고독해서 누군가와 이어질 수 있는 장소를 찾고 있다. 야광 애드벌룬은 누군가와 누군가를 엮어주는 곳, 이어질 수 있는 장소다.

평화롭구나, 같은 생각이나 하면서.

나는 완전히 방심하고 있었다.

〉〉밤에는 고독한 바보가 잔뜩 늘어나는 모양이네요.

무너지는 평화.

야후는 난리가 나기 시작한다.

〉〉바보취급 당했다….

〉〉칭찬 감사

〉〉뭐래?

〉〉뭐임마?

>>누가 누구더러 바보라는 거?

어떻게든 궤도수정을 가해야겠다고 생각했다. 하지만 적당한 말이 떠오르지 않는다. 이러는 동안에도 야후는 불타고 있었다.

>>일단 한 잔 더! 건배! (^^)

하고, 응급처치 겸 올린 〈SNS글〉 덕분에 야후의 불난리는 점점 서서히 가라앉았다. 한숨 돌렸다.

이번만큼은 나라도 가만히 두고 볼 수 없다.

검색창을 탭. 키보드를 두들겨 '밤에는 고독한 바보가 잔뜩 늘어나는 모양이네요.' 라고 적고, 검색. 바로 우리의 평화를 망친 주범이 떴다.

닉네임 '키노시타'의 타임라인을 스크롤한다. …예감은 적중했다. 〈SNS글〉 하나가 내 눈에 들어왔다.

>>밤이 무서운 사람도 있거든요.

동일인이었다.

분위기 파악도 못하는데다가 도발적. 분명 이런 놈은 별볼일 없는 남자일게 뻔하다. 그런 생각에 '키노시타'의 작은 프로필 사진을 자세히 살펴보니 사진 속에 비친 손과

풍선이 보였다. 왼손으로 빨간 풍선에 달린 끈을 쥐고 있었다.

손만 봐서는 남자인지 여자인지 파악하기 어렵다.

하지만, 확실하게 파악한 게 하나 있다. 평화를 깨뜨리는 법을 알고 있는 손으로는 보이지 않았다는 것.

감각적으로 말한다면 '키노시타'의 손은 빛의 사랑을 받고 있었다. 촉촉하게 보일 정도로 하얀 피부 위로 빛이 집약되어 달빛처럼 서늘해 보였다.

이 손이 평화를 파괴하는 〈SNS글〉을 날려댔다고 한다면 분명 무언가 잘못된 게 분명하다. 불운이다. 달 위로 그늘이 지듯이 어둠이 손을 뒤덮고 있는 게 분명하다.

어느새 이 왼손의 주인이 걱정되기 시작한다.

어둠이 마음을 파먹고 있을 때 그 사실을 누군가에게 알리거나 이야기를 나누지 못하는 고독한 사람은 아닐까? 하고 상상을 떠올리고 말았는데 교사로서의 직업병 때문에 그런 것은 아니고 나 또한 고독한 사람 가운데 한 명이라서였다.

그냥 지나치지 못하겠다.

"그렇게 밤이 무서우신가요?"

나도 모르게 분위기를 탄 나는 '키노시타'에게 메시지를 보내보았다. 그러자 읽었다는 표시가 떴다. 나는 숨을 삼켰다. 몇 초 뒤 답장이 날아들었다.

[그렇게 밤이 무서우신데요.]

개인용 부계정으로 보내고 있으니 '키노시타'와 나눈 대화로 회사가 곤란할 일은 없겠지.

나는 '키노시타'에게 다음에 보낼 메시지를 고민한 뒤 적었다.

"왜 밤이 무서우신데요?"

답장이 빠르다.

[무서우니까 무섭죠.]

물어본 것만 대답한다는 자세구나, 하고 생각했다. 문장은 간결하다기보다 퉁명.

나보다 조금 어린 남자인가 보다.

"자기가 무섭다고 밤을 즐기는 사람을 바보 취급하는 건 좀 아니지 않나요? 전 그렇게 생각하는데."

갑자기 답장이 끊겼다.

나는 메시지를 연달아 두 개 보냈다.

"저 실은 '벌룬 선생님'과 아는 사이거든요."

"그러더라고요, 그분이. 그쪽이 올린 〈SNS글〉때문에 평화가 깨진다고."

바로 확인 표시가 떴다.

그래도 답장은 없다.

"그런 〈SNS글〉 올리지 마, 라고는 말 안 할게요."

그리고 나는 단도직입적으로 찌르고 들어갔다.

"평화를 깨지 말아주세요."

기다려 봐도 답장은 오지 않는다.

어쩌면 도발적인 공격을 장문으로 적고 있는 중일지도 모른다. 나는 준비태세를 갖췄다. 반격할 준비를 하고 있었기에 오히려,

[죄송합니다.]

라는 솔직한 답장이 왔을 때는 허를 찔린 기분이었다.

[제가 바보 같은 짓을 한 것 같습니다.]

문득 이런 생각이 들었다.

어쩌면 그는 누군가가 진지하고 확실하게 자기를 꾸짖어주기를 기다린 게 아니었을까?

"저기, '키노시타' 님?"

[네.]

부르기는 했는데, 뭐라고 해야 할지 몰라 썼다가 지우기를 반복했다. 고맙습니다, 아니면 미안합니다 같은. 결국 내가 보낸 말은

"괜찮으세요?"

였다.

그런 말이라도 걸지 않으면 안 되겠다 싶었다. 그는 역시 평화를 깰 만한 사람은 아닌 모양이었다.

[안 괜찮습니다.]

라고, 답장이 왔다. 읽어보니 한 글자 한 글자가 떨고 있는 느낌이 들었다. 입력하는 손도 손가락도 떨리고 있는 게 아닐까.

[이런 식으로 누가 걱정해주는 사람이 있구나 싶네요.]

역시 내 생각대로다. 그는 고독한 사람이었던 것이다.

"괜찮지 않으신 건가요?"

나는 그런 말 말고는 달리 보낼 말이 없었다.

[걱정 안 하셔도 되요.]

[괜찮으니까.]

그렇게 아닌 척 하고 마는 기분도 너무 잘 안다.

"제가 뭔가 해드릴 일이 있을까요?"

일단은 손을 내밀어 본다.

그러나 '키노시타'의 답장은 그걸로 끝.

누군가에게 응석을 부리지 못하는 고독한 사람인가보다 하고 생각했다. 내 분신 같은 존재로 느껴져서 뭐랄까, 속이 근질근질했다.

나는 어플을 껐다.

나쓰메 소세키가 한 로맨틱한 'I Love You' 번역으로 학생들이 달아올랐다. 찬반양론의 회오리가 몰아치고, 너무 분위기가 불타오르는 바람에 옆 반에서 "조용히 안 해!"하고 꾸지람이 날아들 정도다.

학생들에게는 각자가 생각해온 번역도 발표해보라고 했다. 다들 재미있는 번역이었다. 하지만 소세키 선생님을 뛰어넘는 사람은 없었다.

나는 '키노시타'와 있었던 일도 '키노시타'에 대해서도 까맣게 잊어버렸다. 그런데 직원용 현관에서 신발을 갈아 신을 때 왠지 모르게 문득 떠올랐다. 학교 문을 나설 때쯤 스마트폰을 꺼내들고 오퍼스를 켠다.

그러자 '키노시타'가 보낸 새로운 메시지가 도착해 있었다.

[괜찮으시면 말동무가 되어주시지 않으시겠습니까?]

어젯밤부터 고민에 고민을 거듭한 끝에 겨우 이 말을 보냈다고 한다면 그는 나 이상으로 고독과 삶의 괴로움을 안고 있을 것이다.

거절할 이유도 없다는 생각이 들었다.

"물론이지요."

하고, 나는 답장했다.

우리는 서로 '키노시타 씨', '요코모리 씨'라고 불렀다.

만난 적도 없고 만날 생각도 없는 사람과의 대화는 내게 개방적인 기분이 들게 만들었다. 아무렇지도 않게 내 직업이 무엇인지 입에 올리기까지 했다.

[학교 선생님이군요.]

"아, 네."

'요코모리 씨'라고 나를 부르던 그는 어느새 호칭을 '선생님'으로 바꾸었다.

"키노시타 씨는 평소 어떤 일을?"

[학생입니다.]

[대학생.]

타임라인을 거슬러 올라가 본다. 그러자 "밤이 무서운 사람도 있거든요."보다 전에 "라이브 엄청 재밌었어~"라는 〈SNS글〉을 발견했다.

"라이브 공연 자주 가나요?"

[밴드 좋아하거든요.]

듣자하니 좋아하는 밴드가 상당히 마이너했다. 나도 마이너한 밴드를 좋아한다. 설마 음악 이야기로 분위기가 뜰 줄이야.

우리는 대강대강 별별 이야기를 다 나누게 되었는데 한마디로 말해 어차피 볼 일 없는 사람이라는 전제가 있었기 때문이었다. 안 만나기 때문에 오히려 나는 심야 라디오 방송에 엽서를 보내던 과거나 시부야 지하극장에서 못 나가는 젊은 게닌*의 공연을 보러가는 것을 좋아한다는 일까지도 죄다 이야기했다. 이런 취미는 현실에서 얼굴을 마주보고 있는 사람에게는 말한 적이 없다.

그에게도 마찬가지였는지 절대 아무에게도 하지 않았을 법한 이야기를 알려주곤 했다. 오퍼스의 프로필 사진에도 찍혀있지만 좋아하는 것은 풍선. 폐활량이 없어 풍선을 불기 힘들다는 것. 너무 말라서 부모님이 '콩나물'이라고 불렀다는 것. 정작 콩나물은 못 먹는다는 것.

이런 식으로 이야기를 주고받고 있자니 그가 밤을 무서워한다는 사실이 아무래도 믿겨지지 않았다.

솔직히 밤을 무서워하는 이유를 알 수 없었다. 애도 아니고, 같은 생각마저 들었다.

---

* 극장무대공연을 주로 하는 코미디언

그런데 그는 오퍼스에서 "무섭다" 같은 말을 여전히 〈SNS글〉로 올렸다.

팔로워가 극단적으로 적은 편이라서 나 보라고 적는 〈SNS글〉일지도 모른다는 생각도 안 들지는 않았다.

뭐, 생각해보면 나도 대학생 때쯤에는 여러 가지 일로 고민하곤 했지. 그 때 상담할 상대가 있었다면 얼마나 마음이 편했을까?

내가 먼저 말을 꺼냈다.

"어떤 식으로 밤이 무서워?"

[그냥 무서우니까 무섭죠.]

"주의를 분산시켜보는 건 어떨까?"

[소용없어요.]

"좋아하는 노래를 듣는다거나."

[이미 듣고 있어요.]

"그래도 무서우면 일찍 잔다거나."

[선생님, 메시지 보내기 귀찮으시면 그냥 그렇다고 말씀 해주세요.]

"아니, 그게 아니라."

답답해. 하지만 그보다 더 큰 기분이 고개를 내민다.

"정말로 뭔가 도와줄 게 없을까 싶어서 그런 거야."

도와주고 싶다는 기분.

[좋은 분이시네요.]

"내 성이 요코모리인 건 알지? 이름은 다스쿠(佑)라고 하거든? 佑라는 글자에는 사람을 '돕는다'라는 의미가 있어."

실은 그런 고상한 동기가 아니다.

누구라도 좋으니까 구해주고 싶었다.

교실에서는 마키세에게 가해지는 음습한 괴롭힘이 이어지고 있었다. 여학생 한 명도 지켜주지 못하는 나를 향한 답답함. 기간제 선생님이라는 현재 상태에 대한 갈등. 다시 말해 지금의 나는 마음이 어지러워서 누군가를 구하는 행위를 통해 상처받은 자존심에 연고를 바르고 싶은 것이다.

"내가 극복하게 도와줄게. 밤을 무서워하는 네 공포심."

[무리예요.]

"내가 밤을 안내할게."

"밤은 키노시타 씨가 생각하는 것과는 다르니까."

[…그럼 어떤 건데요?]

"밤은 눈부시게 아름다워."

우리는 그렇게 만날 약속을 잡고 말았다.

나 자신이 너무도 혐오스러워진다. 나는 키노시타 씨를 구하고 싶은 게 아니다. 나 자신을 구하고 싶으니까.

시부야역 앞. 대각선 횡단보도. 신호는 빨강. 녹색불로 바뀌지 않으면 곤란한데, 한편으론 녹색불로 바뀌는 게 무섭기도 한 기분. 하지만 보행자와 어깨가 부딪치기 때문에 무서운 게 아니다. 앞으로 사람과 만나야 하니까다. 낯을 가리는 나는 어쩐지 기분이 울적했다.

설마 내가 츠타야 앞에서 누군가를 기다리게 될 줄은 꿈에도 몰랐다.

나처럼 누군가를 기다리고 있는 사람으로 넘쳐나는 장소인데도 기분 탓인지 나만 적응하지 못하고 붕 뜬 느낌이 들었다. 여기에서 누군가를 기다리고 있는 사람들은 모두 하나같이 여기에서 누군가를 기다리는 일 자체에 익숙해보였다. 나만 어색하게 서 있는 느낌이 든다.

빌딩에게 등을 보이고 선 나는 일단 등 뒤의 쇼윈도에 온 몸을 비춰보았다. 하얀 셔츠에 봄 카디건을 산뜻하게 맞춰 입었다고 생각했는데 어리숙한 국어 선생님 같은 느낌에서 왜 벗어나지를 못하는 걸까? 뭐 어때, 이제 와서 옷을 갈아입을 수 있는 것도 아니고.

포기하고 다시 앞으로 향하니 젊은 여성이 한 명 서 있었다.

스마트폰보다 큰 태블릿을 두 손으로 들고. 태블릿은 하얀 빛을 뿜어내고 있었고, 화면에 굵은 글자로,

[요코모리 선생님?]

이라고 쓰여 있었다.

"아, 네."

나는 반사적으로 대답했다. 그러자 젊은 여성은 전용 펜으로 태블릿 화면 위에 이렇게 휘갈겼다.

[키노시타 사쿠라 라고 합니다.]

나는 벙 찌고 말았다. 한편 그녀는 글자를 지우고 이렇게 고쳐 썼다.

[안녕하세요.]

"아, 안녕하세요."

나는 허를 찔리고 말았다.

설마 '키노시타' 계정주인이 남자가 아니라 여자일 줄이야. 태블릿으로 필담을 하는 것도 물론 놀라운 일이지만 솔직히 말해 이 사실이 더 놀라웠다.

사쿠라는 괜히 말로 표현하지 않으면 못 배길 만큼 아름다운 여성이었다.

진한 쌍꺼풀, 밤을 비추는 새까만 눈동자, 그 커다란 눈동자를 떠받쳐주는 작은 애교살. 눈을 깜빡일 때마다 사랑스러움이 뚝뚝 떨어진다.

살짝 다문 입가에는 미소가 아련하다.

피부는 마치 깨끗이 탈색한 양 하얗다. 이와 대조적으로 머리카락 색은 밤기운을 빨아들이는 차분한 검은색이었다. 스트레이트 헤어의 머리카락 끝이 튀어나온 쇄골을 스치고 있다.

거친 마 재질로 보이는 하얀 원피스가 보디라인을 흐릿하게 만들고 있지만, 사쿠라는 말랐다. 민소매로 보이는 소녀 특유의 둥그스름하고 작은 어깨와 날씬한 팔이 드러난다.

"저기."

내가 먼저 입을 연다. 이걸 먼저 짚고 넘어가야 이야기를 더 나아갈 수 있을 것 같았다.

"키노시타 씨. 저기, 혹시 말을 못하나요?"

사쿠라는 익숙한 양 펜을 끄적인다.

[실은 어제]

[친구들이랑 노래방 갔다가]

[노래 너무 불러서 목이]

쓴웃음을 짓는 사쿠라.

"아하, 그래서 그러시구나."

내가 안심해 하는 모습을 본 사쿠라도 안심한 모양이다.

"아."

나는 새삼스레 말한다.

"요코모리 다스쿠라고 합니다."

사쿠라는 내 진지한 모습에 쿡 웃음을 지었다.

사쿠라는 가냘픈 꽃잎을 떠올리게 만든다. 아련함과 투명함이 느껴지는 여성이다. 호들갑스럽게 들릴지는 모르지만 시부야에 가득한 인파에 슥 휩쓸려갈 것만 같은.

걷는 와중에 바로 앞에서 인파가 몰려들어왔다. 파도가 지나갔을 때 내 곁에 사쿠라가 없어서, 정말 휩쓸려 간 게 아닌가 하고 불안해져 떠나간 인파 속에 하얀 원피스가 없나 눈으로 찾아보았다. 그런 내 어깨를 두들긴다. 사쿠라는 나보다 한참 앞서서 가다가 내가 너무 늦게 오니까 돌아온 모양이었다.

정신 차리고 나는 사쿠라에게 밤을 안내했다.

고엔도리.*

---

* 시부야 번화가에 위치한 중심 거리.

기노쿠니야 서점과 잡화점 체인 로프트 사이에 난 좁은 골목길.

경사진 언덕을 내려가, 교차로.

육교.

시부야 히카리에 건물을 바라본다.

미야시타 공원.

공원 벤치.

뭐야, 이거. 중간부터 스스로도 그렇게 생각했다.

밤을 안내한다.

그렇게 큰소리쳤는데 막상 스스로를 뒤돌아보니 퀄리티가 낮아도 너무 낮은 시부야 관광안내가 되어버렸다.

사쿠라는 지치기 시작했는지 표정이 좋지 않다.

"괜찮아?"

말을 걸어보니,

[네. 그냥 조금 무서운 기분이 들어서.]

하고 사쿠라가 펜으로 휘갈겼다.

나는 그 태블릿의 하얀 불빛을 멍하니 바라보았다.

나는 그녀와 달리 밤을 좋아한다.

밤이 무섭다는 말을 들으면 그게 도대체 어떤 느낌일까 하는 생각만 든다. 어떤 느낌인지 전혀 감이 안 잡힌다.

아니 애초에 왜 밤이 무서운 건데?

원인이라도 있는 거야?

왜 아무 것도 가르쳐주지 않으시는 건가요?

이유나 원인 같은 걸 알려주지 않는데 무섭다는 둥 그러시면, 솔직히 좀 그렇지 않나요? 저만 그렇게 생각하나요?

"저기."

내가 말했다. 사쿠라가 나를 바라보았다.

"공연 보러 안 갈래요? 개그."

우리는 시부야 지하홀을 찾아갔다. 개그 라이브공연에는 아직 무명인 젊은 게닌들이 순서대로 공연을 선보이고 있었다. 어떤 콤비가 등장했을 때,

"폭탄머리 한 남자, 제 지인이에요."

하고 사쿠라에게 말했다.

파마를 너무 해서 부풀어 오른 달고나 같은 머리를 하고 있는 저게 미토준. 얼굴이 여자에게 인기가 있는 귀여운 구석이 있어서인지 여성 팬이 많고 환호성도 일어난다.

미토준의 콤비가 선보이는 공연 내용을 보는 게 도대체 이번이 몇 번째일까? 역시 안 웃기다. 내용은 좋은데. 뭐

랄까, 파트너도 그렇지만 미토준의 얼굴만 붕 떠있어서 그렇다. 게닌다운 얼굴이 아니다. 길을 잃고 헤매는 것 같은 얼굴. 보고 있는 사람이 마음 편히 웃지 못하게 만든다.

사쿠라와 같이 밖으로 나왔을 때,

"선배."

하고 미토준이 따라왔다. 스무 살인 그는 나를 '선배'라고 부르며 따른다.

"보러 오셨네요."

내가 고개를 끄덕이자 미토준이 사쿠라 쪽을 슬쩍 보았다. 귓속말을 했다. 선배도 여간내기가 아니셨네요. 어디서 이렇게 이쁜 여자랑 만난 거예요?

상대하는 것 자체가 귀찮은 기분이다. 적당히 받아 넘긴다.

"저희 만자이* 어떠셨어요?"

그런 질문을 정면에서 당당하게 물어본다. 꿈을 향해서도 사람을 향해서도 언제나 솔직하게 똑바로 마주 대하는 미토준의 성격이 내게는 눈부셨다.

"아. 응응, 재밌더라."

---

* 2인이 짝을 지어 재담을 주고받는 방식의 코미디

하고 내가 대답했다. 그러자 사쿠라가 [거짓말]이라고 적은 태블릿을 살짝 나만 보이게 비추었다.

"고맙슴다!"라는 미토준.

나는 "다음에도 또 보러올게." 하고 말했다.

[거짓말]

사쿠라도 이 상황이 재미있는 모양이다.

"선배, 말이 나온 김에 말이죠……" 갑자기 미토준이 남에게 뭘 부탁할 때 같은 태도로 돌변. "부탁이 있는데요, 괜찮으세요?"

"아, 응."

저 있다가 아르바이트 가야하는데, 땜빵 좀 해주시면 안 돼요?

무슨 말인고 하니 이런 말이었다. 라이브 공연 뒤풀이 장소에 유명한 텔레비전 방송 PD가 오는 모양인지 얼굴도장을 찍고 싶다나. 미토준 입장에서는 좋은 기회임에 틀림없었다.

마음은 알지만.

나는 지금 옆에 사쿠라가 손님으로 있는데.

"미안한데."

거절하려고 말을 꺼낸 그때, 사쿠라가 옆구리를 찔렀

다. 나는 그녀가 눈치를 살피듯 얌전히 들어 올린 태블릿을 슬쩍 보았다. 화면에는,

[저는 신경 쓰지 마시고]

라고 쓰여 있었다.

츠타야 앞으로 우리는 다시 돌아왔다. 마주보고 서 있는데 누군지 모를 연인들이 우리 사이를 스쳐지나갔다.

[재미있었어요]

일부러 그런 말을 적은 사쿠라는 상냥하고 어른스러운 사람이었다.

"밤이 무서운 건 이제 극복했어?"

그런 말을 참지 못하고 뱉어버린 내가 오히려 어린아이 같은 바보다.

[응. 고마워요]

뭐랄까, 잘 모르겠지만 더 이상 만나지 못할 것 같은 기분이 든다.

연락도 더 이상 하지 못할 것 같은 느낌이 든다.

우리는 연인도 친구도 아니다. 부담스러움이나 어색함이 살짝만 끼어들어도 산산조각 날 것 같은 그런 사이였다.

사쿠라는,

[그럼 이만 가볼게요]

하고 태블릿을 품에 안고 손을 흔들었다. 나는 '잘 가요.'라는 말이 나오질 않아 손만 흔들었다.

사쿠라가 걸음을 뗀다. 파란불이 되었다. 대각선 횡단보도 깊은 곳을 향해.

인파에 휩쓸리는 하얀 꽃잎.

어느새 보이지 않았다.

하지만 나는 이미 달리기 시작했고 하얀 꽃잎을 발견해 그곳을 향해 손을 뻗으며,

"키노시타 씨."

사쿠라가 뒤돌아본다. 놀란 얼굴. 나는 붙잡은 팔을 놓았다.

대각선 교차로 한가운데에 우뚝 선 우리는 아마 다른 사람 입장에서는 아주 걸리적거렸을 것이다. 아무렇지도 않게 어깨로 치고 가지를 않나, 혀를 차지를 않나.

하지만 상관없었다.

"괜찮으시면 같이 가실래요?"

모 아니면 도였다.

설명이 부족해도 어쩔 수 없다. 그럼에도 사쿠라는 나를

믿어주는 미소로,

　갈게요.

　입술을 그런 식으로 움직였다.

　사람들 목소리. 발소리. 클랙슨. 자동차 소리. 야외 전광
판에서 흘러나오는 음악. 웃음소리. 기침소리. 삐끼의 목
소리. 모든 것은 밤의 소리. 흐리고 탁한 소리로 들려온다.

　다용도 빌딩 옥상.

　나와 사쿠라 말고는 아무도 없었다.

　옥상의 어둠은 암흑 그 자체라서 혹시 그곳에 무언가가
있더라도 윤곽을 녹여 집어삼켜버릴 것이다.

　사쿠라를 접이식 의자에 앉혔다. 하나 더 꺼내올까 하고
생각했으나 그녀를 어두운 곳에 혼자 두고 가기는 어려웠다.

　나는 사쿠라 바로 옆에 섰다.

　사쿠라가 펜을 쥐고 태블릿에 글자를 썼다.

　[아까는 죄송했어요]

　"뭐가요?"

　[거짓말 한다고 해서]

　"아하."

　나는 웃었다.

[별로 좋은 말은 아니었어서]

"전혀 신경 안 쓰고 있었어요."

[그럼 다행이네요.]

아니, 잘 생각해보니 나는 '거짓말'쟁이기는 하다. 사쿠라와 연락을 하기 시작하고, 만나서, 지금 여기에 오기까지.

"미안……, 저기 있지."

사쿠라가 고개를 든다.

"미리 밝혀둬야만 할 일이 있어서."

뭐가요, 라고 말하는 표정을 짓는 사쿠라.

"내가 학교 선생님이라고 전에 이야기했을 텐데, 실은 솔직히 말해서 정식 학교 선생님은 아니야……. 기간제 고용이라고 해서 내 경우만 해당하는 이야기이기는 한데 일주일에 사흘 동안 담당수업만 하러 학교로 가는 거라. 그래서 말이지, 봉급도 시급 계산하거든."

솔직한 심정으로는 듣고 웃었으면 했다.

하지만 사쿠라는 웃지 않았다. 진지하게 듣는다. 내가 말을 계속하려는 줄 알고 기다리고 있는지 나를 올려다본다.

"학교 선생님 일만 해서는 먹고살기 어려워서. 그래서 아르바이트도 하고 있거든. 여기서, 사실은…… 내가 '벌룬 선생님'이야."

사쿠라는 아직 내 눈을 바라본다. 더 이상 견디지 못한 나는 먼저 시선을 피했다. 맞은편 빌딩 옥상에 선 광고 간판을 바라본다.

"매년 공립 중학교 정규직 고용을 목표로 교직원 채용 시험이라는 걸 보고 있어."

내 이야기를 남에게 하는 건 잘 못 한다.

"그런데 매년 떨어지고 있고."

사쿠라라면 들어주리라 생각했다.

"이차시험 면접이 잘 안 돼서 말이야. 잘하려고 하면 할수록 잘 안 돼. 처음 시험 봤던 해에 면접관이 그러더라고. 교사가 적성에 안 맞는 것 같다고. 그 말이 아직도 내 몸 어딘가에 박혀있어. 솔직히, 무서운 거야. 시험공부에 대해서도 매년 적극적으로 임하지 못하게 되고."

아직 학생인 사람에게 나는 지금 무슨 이야기를 하는 것일까?

한심하다.

그런 나를 사쿠라는 불쌍하게 보지도, 그렇다고 경멸스럽게 보지도 않은 채 그저 바라보고 있었다. 바라보는 시선의 따스함을 알고 있는 모양이다. 사쿠라는 태블릿에 목소리를 적었다.

[선생님은 학생 좋아해요?]

나는 고민 없이 "물론이지."라고 대답했다.

단어나 문학이 얼마나 재미있는지를 잔뜩 알려주고 싶어서, 그래서 가끔씩 열변을 토하는 때도 있어서, 학생을 부담스럽게 만드는 일도 적지 않다. 그런 선생님이 하기는 좀 그런 말이지만 나는 학생이 좋다. 학생들의 인생에 조금이라도 도움이 되고 싶다고 생각한다.

이런 이야기를 들려주자, 사쿠라는 만족스러운 미소를 지었다. 그러나 금방 진지한 얼굴로 돌아왔다.

[저도 거짓말 한 게 있어요]

하고 적는 게 아닌가.

[사실을 밝힐게요]

"응."

그녀가 내게 해주었듯이 나도 그녀의 손끝을 부드럽게 바라보았다.

[저, 노래방에서 노래 너무 불러서 목소리가 안 나오는 게 아니에요.]

[밤이 되면 목소리가 안 나와요.]

어? 하는 소리가 새어나온다.

내 의문에 사쿠라가 바로 웃었다.

[밤이 무서우니까]

내 안에 남아있던 사쿠라에 대한 인상이 크게 바뀌었다. 솔직히 밤의 존재가 그렇게까지 그녀에게 있어 심각한 것이라고는 생각하지 못했다.

[불안이나 고독이 밀려와서]

[목소리를 빼앗아가요]

[미안]

[부담스럽죠]

내가 "아니" 하고 부정했다.

[그거 말고도 소소하게 거짓말 쳤어요]

펜이 태블릿을 강하게 두들긴다.

[실은 고등학생. 어리다고 얕보이고 싶지 않았어요.]

[또 있어요]

[라이브 갔다는 것도 거짓말. 가본 적 없어요]

[그런 건 인싸인 척 해보고 싶어서 한 거짓말.]

사쿠라는 흥분해서 자포자기상태였다.

[역시 좀 부담스럽고 멀리하고 싶어졌죠?]

"전혀."

[거짓말]

"또 하고 싶은 말이 더 있으면 적어서 보여줘. 전부. 내가 다 들어줄 테니까."

사쿠라는 망설였다. 써야 하나 말아야 하나. 하지만 결국에는 썼다. 나라면 상담을 들어주리라 생각했는지도 모른다.

[좋아하는 사람이 있어요]

같은 고등학교 남자애인 모양이다.

렌스케라는 친구다.

한 살 위 선배에 농구부 주장. 사귀는 사이는 아니지만 사쿠라는 클럽 활동이 끝나고 돌아가는 렌스케와 같이 하교하게 되었다. 같이 하교하게 된 지 얼마 안 된 어느 날 밤부터 사쿠라는 야간의 실성증(失聲症)이 시작되었다.

사쿠라의 목소리가 나오지 않게 되었는데도 평소처럼 렌스케는 같이 하교해주었다. 하지만 두 사람 사이에 보이지 않는 골이 생겼다. 서로 괜히 신경 쓰게 되었다. 렌스케는 일부러 사쿠라의 실성증에 대해 언급하지 않았고 되도록이면 대답이 필요 없는 이야기를 하려고 했다. 사쿠라는 사쿠라 대로 렌스케가 신경 쓰는 게 오히려 괴로웠다. 결국에는 청개구리 심보로 [렌스케가 하는 이야기, 재미없어] 같은 떼를 쓰면서 그를 상처주고 말았다. 그래도 렌스케는 아무렇지도 않은 모습을 보이려고 노력했다.
그래서 더 괴로웠다.

[저, 정말 최악이죠?]

사쿠라는 쓰고 지우고 다시 썼다.

[이제 렌스케랑 만날 자격이 없다고 생각했어요. 그래서
제가 먼저 렌스케랑 같이 하교하는 걸 그만둬버렸어요]

그 말 깊이 숨겨진 진심을 알아차렸다.

"렌스케라는 친구, 아직도 좋아하는구나."

[이제는 됐어요]

하고 적더니 바로 아래에,

[그래도 이야기하고 나니 마음이 좀 편해요]

[선생님이 들어준 덕분에]

고독한 사람만이 다른 고독한 사람의 아픔을 안다. 내게
는 가슴이 찢어질 정도로 사쿠라의 아픔이 공감갔다. 사
쿠라는 아무에게도 말하지 못한 채 죽 지내왔던 것이다.

"저기."

이런 걸 물어봤다가는 혹시라도 상처를 더욱 깊게 만들
지도 모른다. 그렇지만 안 물어볼 수는 없었다.

"키노시타 씨 목소리를 밤에 들을 일은 앞으로도 없을
까?"

금세 대답이 돌아왔다.

[없을지도]

밤은 그만큼 그녀에게 있어 어둡고 두려운 무언가인 것이다.

"그렇구나."

왠지 모르게 가슴이 한없이 아려왔다.

나는 그녀에게서 연인에게 보낼법한 애정이나 우정 같은, 그런 감정을 전혀 느끼지 않는다. 굳이 말로 표현하자면 동정에서 파생된 설명하기 복잡한 감정이었다. 하지만 밤에 울려 퍼지는 사쿠라의 목소리를 앞으로도 들을 수 없다는 생각을 하니 왠지 모르게 가슴이 한없이 아려왔다.

스마트폰으로 시간을 확인한다.

슬슬 시작하지 않으면 안 될 시각이다.

애드벌룬 반죽을 옥상에 펼친다. 야후 하단에 게양로프를 묶고 반대쪽을 옥상의 튀어나온 부분에 끼워 넣고 고정한다. 헬륨가스를 조금씩 반죽에 불어넣는다.

내가 작업하는 과정을 사쿠라가 눈을 동그랗게 뜨고 바라보았다.

기구에 부력이 발생한다.

옥상에서 막 이륙했나 싶더니 애드벌룬은 어느새 하늘

로 빨려 들어가듯 상승했다. 그리고 밤하늘 한가운데에 자리를 잡고 앉았다.

계류된 새까만 애드벌룬을 사쿠라가 올려다본다.

나는 사쿠라에게 말했다.

"시작할게."

생명처럼 부드러운 빛이 커다란 기구에 맺힌다.

빛이 쏟아져 흘러 옥상을 적신다. 어둠은 흘러내리고 주변 일대가 빛의 바다로 변한다. 나는 빛의 바다 해안가에 있다. 사쿠라는 망망대해 한복판에 섰다. 이리로 오라고 부른다.

신기했다.

옥상의 어둠에 눈이 너무 익숙해졌던 것인지도 모른다. 아니면 누군가와 함께 올려다보고 있어서인지도 모른다. 오늘밤 야광 애드벌룬은 왠지 모르게 평소보다 눈부시게 아름다운 그런 기분이 들었다.

방금까지 나와 사쿠라는 고민을 서로에게 토로하고 있었던 것 같다. 그런데 무슨 이야기를 했더라?

다 잊어버렸다.

고민이나 하면서 전전긍긍하는 건 죄다 완전 바보짓이라니까. 오늘 밤 애드벌룬의 빛이 그런 말을 하는 기분이 들었다.

"……예쁘다."

사쿠라가 중얼거렸다.

그녀의 얼굴을 제대로 보았다. 부드러운 빛이 밝혀주는 사쿠라의 얼굴은 지금까지 보아온 것보다 훨씬 어려보이고 사람 같았다.

"엄청…… 예뻐."

"어, 잠깐만."

나는 깨닫고 말았다. 깨달아서는 안 될 일도 아니었다. 절대. 놀랐다. 나는 완전히 놀라고 말았다.

"키노시타 씨, 방금 말했어."

사쿠라는 기구 불빛을 바라보며 굳어버렸다. 밤의 웅성거림이 조용히 가라앉아 주변에는 빛의 바다와 파도소리만이 울렸다.

"진… 짜네."

자기 목소리를 만져서 확인하기라도 하듯 사쿠라는 말했다.

"아. 아."

잊고 지냈던 밤의 목소리, 그 감촉.

"나…… 말 했어."

자기도 모르게 자기 목을 손으로 감싸 쥐는 사쿠라.

"목소리, 예쁘네."

내가 말했다.

"그 목소리로 좋아하는 사람에게 기분을 전한다면 좋겠네."

정말로 예쁜 목소리였다.

"……고마워요."

사쿠라의 목소리는 떨리고 있었다. 그 떨림이 눈가로 전해졌는지 사쿠라의 눈에서 눈물이 방울방울 넘쳐흐른다.

나는 숨을 삼켰다.

애드벌룬의 빛이 비추는 키노시타 사쿠라의 우는 얼굴은 밤의 아름다움 그 자체였기 때문이다.

나는 마음을 담아 〈SNS글〉을 올렸다. 〈SNS글〉의 내용은 곧바로 기구 아래에 늘어진 야후의 전구 불빛 메시지로 변해 비추어졌다.

〉〉밤은 눈부시게 아름다워

사쿠라는 울타리에 몸을 기대고 야후를 올려다보았다.

들려오는 선전용 자동차의 익숙한 사운드. 문득 아래를 내려다보는 사쿠라. 그 눈 아래에는 빛의 거리가 있다. 시부야역. 야외 전광판. 프랜차이즈 가게의 전자간판. 가로등. 헤드라이트 불빛 한 다발. 어마어마한 숫자의 빛이 거리의 바닥에서 깜빡인다.

한밤스럽네, 나는 생각했다.

〈생도〉들에게 언젠가 '넌센스'문제로 낸 '한밤스럽네'가 어떤 뜻인지, 그 답을 나는 마주보고 있는 것이다. 밤이기에 아름다운 무언가를 가리키는 말이었다. 지금의 나에게는 사쿠라에게 보여주고 싶은 한밤스러운 빛이 하나 더 있었다.

"저쪽 편 정면을 한 번 봐봐. 뭐가 보일거야."

이 옥상에서 사쿠라가 서 있는 위치에서는 보이지 않는 특별한 빛. 사쿠라에게 보여주고 싶었다.

사쿠라가 저도 모르게 함박웃음을 짓는다.

"……도쿄 타워네."

작게, 정말 작게 보일 만큼 저 멀리 떨어진 도쿄 타워의 빛이 보인다. 빌딩과 빌딩의 틈바귀에서 우리를 위해 형형히 빛나고 있는 것이다.

"……귀엽다."

"그치?"

나는 진짜 가이드라도 된 양 여행안내 말투를 흉내를 내며 말했다.

"이쪽은 미니 도쿄 타워 되시겠습니다."

"하하."

나는 도쿄 타워와 모습이 꼭 닮은 화이브 미니라는 작은 음료수병을 사쿠라에게 건넸다. 사무실 냉장고에서 차가운 걸로 한 병 가지고 나왔던 것이다. 기분 좋아하는 눈치다. 병을 들어 올려 도쿄 타워와 견주면서 사쿠라가 이렇게 말했다.

"선생님 말씀대로네요."

화이브 미니를 한 모금 마시고 말을 잇는다.

"밤은 눈부시게 아름답다. 몰랐어요, 아니 잊고 있었어요. 밤이 무서워져서 밤을 마주 보지 못하고 있었어요. 밤하늘을 올려다보는 일은 더 잊고 있었고."

그 밤하늘을 올려다보는 사쿠라.

"앗……."

하고 놀라니까 나도 놀라서,

"무슨 일이야?"

"저거."

사쿠라가 가리킨 것은 달이었다. 그동안 애드벌룬 뒤에 숨어있었는지 이제야 얼굴을 내민 것이다. 보름달은 아니다. 조금 덜 차올랐다. 하지만 그만큼 달은 앞으로 더욱 밝아지리란 예감으로 가득 차 있었다.

"달 예쁘다."

사쿠라의 한 마디가 계기였다.

"이런 이야기, 혹시 들은 적 있어?"

나는 나쓰메 소세키의 일화에 관한 이야기를 꺼냈다.

"소세키가 말이지, 'I Love You'를 '달이 예쁘네요'라고 번역했어."

부끄럼을 잘 타는 일본인 성격에 맞춘 독특하고 멋진 번역이다. 일본인은 '사랑합니다'하고 솔직하고 직접적으로 말하기 어려워하니까.

그래서 빙 에둘러서 사랑을 전하는 것이다. 밤하늘을 올려다보며 말하는 '달이 참 예쁘네요.'라는 말 속에 사랑을 담는다. 그 의도를 알아차린 상대가 '예쁘네요.'하고 동의하면 서로를 좋아하는 것을 확인하게 되는 것이다.

"잠깐… 만요."

사쿠라가 진지한 얼굴로 말했다.

"그렇다면, 지금… 저… 선생님한테, 고백한 거?"

"아니…… 그렇다는 게 아니고."

정말이다. 그럴 마음으로 소세키 이야기를 꺼낸 게 아니었다.

그런데도 사쿠라의 얼굴은 빠알갛게 물들어간다. 부끄러움, 그리고 쏟아낼 곳이 없는 분노 때문에.

"앞으로 절대 말 안 할래요."

나는 웃었다.

사쿠라가 언젠가 그 비밀스러운 사랑의 메시지를 마음 속 깊이 사랑하는 이에게 전할 수 있다면 좋겠다, 그런 생각을 했다.

나도 올려다보았다.

야광 애드벌룬이 기분 좋게 흔들리는 밤하늘. 별은 없어도, 달은 있고. 구름이 가로질러 가니 이 또한 운치 좋고.

뭐랄까.

이 가득 차오르는 느낌.

나는 지금 전혀 고독하지 않다. 함께 밤하늘을 올려다보는 사쿠라도 그랬으면 좋겠다고 생각했다.

문학은 독자를 고르지 않는다. 선생님은 학생을 고르지 않는다. 마찬가지로 밤하늘은 올려다보는 이를 고르지 않는다. 올려다보는 사람 모두에게 따스하다.

2장
—
한줌의 별

yozora wa
miageru
kimi ni
yasashiku

야광풍선이라고 부르는 모양이다.

오퍼스 상품개발부가 만든 야광 애드벌룬의 패러디 상품. 인터넷 판매가 시작된 김에 사무실로 샘플이 도착했다.

조립식이었다. 설명서가 붙어있다. 일단 읽어본다.

기구는 풍선이고 계양 로프는 얇은 끈이고 그물 현수막은 직사각형의 소원종이로 잘 축소 재현해놓았다. 풍선은 부속품으로 달린 미니 헬륨가스로 부풀린다.

또 풍선 안에는 작은 알전구가 들어있어서 스위치를 켜면 빛난다. 소원종이에는 부속품으로 딸려온 형광펜으로 자유롭게 〈SNS글〉을 적어 놓는 것도 가능.

밤 옥상에서 바로 만들어보았다.

스위치를 켜니 오, 감동하고 말았다.

암흑 속에서 홀로 빛나는 야광풍선이 고독한 내 마음을 밝힌다. 바라보기만 해도 왠지 모르게 기분이 좋다.

미지근한 밤바람에 흔들리는 야광풍선을 그런 식으로 눈으로 좇으면서 나는 '풍선 좋아하는 그 애한테 주면 좋아하려나.' 같은 망상을 한다.

그 애란 물론 키노시타 사쿠라다.

사쿠라와 둘이서 야광 애드벌룬과 달을 바라보았던 그 눈부시게 아름다웠던 밤을 나는 어젯밤처럼 느꼈다.

실제로는 벌써 사흘이나 지난 모양이다.

기억 속에는 아직 생생한데 언제까지 이렇게 생생하게 남아있을지는 나도 모른다.

언젠가는 그날 밤의 벅찬 경험을 떠올리지 못하게 되는 때가 올까? 나는 만약 그렇게 된다면 나 자신을 차가운 인간이라고 느끼길 바란다.

나와 사쿠라는 서로 고민과 불안을 털어놓았지만 지금 생각해보면 그것은 밤의 옥상이 부린 마법이었을지도 모른다. 같은 날 심야 메시지를 주고받았을 때는 두 사람 모두 마치 계정주가 바뀌기라도 한 듯 서먹했다. 부자연스럽고 부담스러워졌다. 아직도 서로 존댓말로 이야기했다.

"안녕히 주무세요, 키노시타 씨."

이라고 하니,

[안녕히 주무세요, 선생님]

이 대답으로 돌아온 뒤 쾅 하고 문이 닫히기라도 한 듯 대화가 끝났다. 그 뒤로 나와 사쿠라는 아무런 연락도 하지 않았다. 나로서는 아름답게 닫힌 문을 어떻게 열어야 좋을지 방법을 알지 못했다. 열어도 되는 것인지 아닌지도 알 수 없었다.

잘 지내고 있을까?

예전처럼 밤이 무서워지거나 하지는 않았을까? 되찾은 '밤의 목소리'를 어쩌다 보니 또 잃어버리지는 않았을까?

렌스케, 라고 했었나? 이름이. 신경이 쓰이는 그 친구에게 사쿠라는 제대로 자기 마음을 표현할 수 있었을까?

내 인상으로는 렌스케라는 친구도 사쿠라가 다가오기를 기다리고 있었던 것 같은 느낌이었다. 갑자기 자기에게서 거리를 벌리려고 하는 사쿠라가 그 친구 입장에서도 신경이 쓰일 터였다.

어쩌면 두 사람 잘 풀린 거 아니야? 그런 망상까지 들 정도다.

연애사정은 눈치 없이 캐물을 일이 아니다. 잘 풀렸다고 사쿠라 쪽에서 먼저 알려줄지도 모르니까. 어찌 되었든 간에 문외한은 빠져 있는 편이 낫다.

수업종이 울리자마자 나는 칠판지우개를 집었다.

고전 시의 윗구절을 지우고 있는데 하품이 나와서 손으

로 입을 가렸다. 내뿜은 한숨으로 칠판에 둥글게 습기가 찼다.

다시 한 번 손을 움직이려고 하는데 아랫구절을 지우는 손이 나타났다. 누군가 하고 보았더니 마키세 아스카였다. 안으로 말린 흑발. 상냥해 보이는 이목구비.

괜찮으세요, 마키세가 물어온다. 그냥 잠이 부족한 나를 걱정해주는 모양이다. 나는 괜찮다고 대답했다.

"마키세야말로 괜찮니? 감기?"

마키세는 콧물을 훌쩍이고 있다.

"비염이에요."

"코 풀어야지."

"먼저 칠판부터 지우고요."

머리카락 끝에 분필가루를 묻힌 마키세가 미소 짓는다.

마키세는 착하다. 그 착함은 코 푸는 것도 미루고 나를 도와주고 있기 때문만은 아니었다.

괴롭힘을 당하고 있다는 분위기를 전혀 풍기지 않는 마음 씀씀이. 착한 마음은 여기에 담겨있다. 수면으로 비유한다면 돌을 떨어뜨렸을 때 퍼져나가는 물결을 마키세는 내가 있는 곳까지 퍼지지 않도록 한다. 괜히 더 걱정하지 않도록.

마키세의 미소는 그래서 상냥함으로 가득 차 있다.

수업이 끝나면 바로 돌아가는 나지만 오늘은 학교에 남아 교무실에서 중간고사 준비를 했다. 집중해서 하다 보니 벌써 밤이었다.

학교에서 나올 때 하늘이 캄캄하면 기쁘다.

밤늦게까지 학교에 있었다는 실감이 내 마음을 보람차게 만들어주기 때문이다. 아마도. 생각해 보면 바보 같은 소리지만.

교문을 나서서 딴 길로 샌다. 걸으면서 생각에 잠긴다.

문학은 상처나 병을 고쳐주지 못하더라도 사람의 마음을 풍요롭게 만들 수 있다. 그래서 나는 학생에게 문학을 가르친다.

하지만 과연 내 마음은 풍요로운가?

많은 문학 작품을 접해왔다. 내 마음은 얼마나 풍요로워졌을까? 넓어졌다거나 깨끗해졌다거나, 아니면 윤택해졌을까?

내 마음. 비좁고, 거칠고, 메말랐다.

교직채용시험 공부가 덜 됐다. 아니, 하려고도 하지 않고 있다. 책상 위는 어지럽고 더럽다. 책상 상태가 그대로 내 마음의 반영이었다.

1차 필기시험은 특기다. 내게 있어 벽은 2차 면접.

면접 매뉴얼 같은 건 잔뜩 읽었다. 그래도 매년 막상 면접을 하면 제대로 안 풀린다. 면접장에 들어가는 순간 '잘 안 풀리는 나'로 변한다. 인형 탈을 뒤집어쓰고 있는 기분이 들어서 손발을 움직이는 방법도 목소리를 내는 방법도 제대로 파악이 안 됐다.

선생님이 적성에 안 맞는다, 면접관이 내게 내뱉었다. 그 말은 추상적이었다. 구체적으로 뭐가 어떻게 안 맞는지 그런 식으로 말하면 알아들을 수가 없다. 하지만, 바로 그렇기에 아직도 해결되지 않은 말로 내 몸 어딘가에 박혀있었다.

솔직히 내가 선생님 적성인지 아닌지는 나도 모른다.

나는 '가르치기'가 좋다.

하지만 정규직 교직원은 '가르치기'만 하면 끝이 아니었다. 학급을 담당하면 학생 한 사람 한 사람의 장래를 같이 고민해야 하고 적확한 어드바이스도 주어야만 한다. 거기에 보호자 대응까지 해야 한다. 그런 일을 과연 내가 제대로 할 수 있을까?

최근에는 '기간제 교사도 나쁘지 않네.' 같은 생각도 하기 시작했다. 그런 식으로 현재 상태를 정당화하려고 한다. 비굴하고 치졸해서 어이가 없다.

'살기 힘들다' 같은 편리한 말은 쓰고 싶지 않았다. 자업자득. 살기 힘들다고 느낀다면 내 경우에는 다 내가 뿌린 씨앗이다.

아니 잠깐, 지금 생각에 잠길 게 아니라 도대체 여기 어디야?

꼬불꼬불한 풀밭에 나는 흘러 흘러 도착했다. 잡초. 봄꽃. 이름 모를 풀숲과 덤불. 벽돌 길 위를 나도 모르게 걷고 있었다. 뒤돌아보니 중학교 건물이 보였다. 안쪽에는 고등학교 건물. 내가 가르치는 학생들도 언젠가는 저 고등학교를 다니게 되려나.

나는 내 학생들이 중학교를 졸업하는 모습을 지켜볼 수 없다. 기간제 교사 계약은 1년이었다. 내년 봄 나는 여기에 없다.

"안녕하세요."

그런 목소리가 덤불 안에서 들려왔다.

깜짝 놀라 자세히 살펴보니 덤불 안에는 벤치가 있었다. 여자아이가 앉아있다.

"안녕." 대답한다.

머리카락과 안경을 귀에 걸친 말쑥한 분위기의 문과 스

타일 여자아이. 부드러움은 없고 온통 긴장된 느낌으로 팽팽하다. 그런데 구미카와. 세상에, 무릎 위에 문고본을 펼쳐놓았다. 어두워서 보이지도 않을 텐데.

"뭘 읽고 있니?"

"다쿠보쿠."

이시카와 다쿠보쿠를 말한 것이리라. 시집 '한 줌의 모래(一握の砂)'을 펼쳐놓았다.

"다음 수업 때 교과서에 나올 것 같기에 예습도 할 겸 아버지를 졸랐더니 마침 어제 사다 주신 덕에 여기 이렇게."

구미카와는 중학생이라고는 믿기 어려운 말투를 쓰는 아이기도 했다.

"대단하네."

"그러나, 잘 보이지 않습니다."

역시.

"누굴 기다리고 있니?"

"마키세를."

두 사람은 정말 사이가 좋다. 1학년 때부터 같은 반인 모양으로 수업시간에도 틈만 나면 시선을 교환한다. 마키세는 미소로, 구미카와는 진지한 얼굴로. 대조적인 두 사람이나, 그렇기에 잘 어울리는지도 모른다.

맞다. 이참에 마음먹고 물어볼까?

"저기, 구미카와?"

"왜 그러시죠?"

"저기…… 마키세와는 어떻게 친해지게 되었어?"

이런 걸 물으려던 게 아니었다.

내가 물어보고 싶었던 건 마키세 같이 상냥한 여자애가 왜 괴롭힘을 당하는지 그 이유였다. ……못 물어봤다. 학생들의 어두운 일면을 보고 싶지 않았다.

내 질문에, 오히려 구미카와의 표정이 밝아졌다.

마키세와 어떻게 만나게 되었고 어떤 계기로 친해졌는지를 이야기하는 구미카와에게는 팽팽한 긴장감이 사라지고 없었다. 방어막이 없어 대하기 편했다.

그녀의 밝은 모습을 나는 바라보았다.

이 풀밭은 구미카와와 마키세에게 있어서 특별한 장소였다.

어두컴컴한 구석구석까지 모두 두 사람의 인연이 물들어있는 느낌이 든다. 구미카와가 해준 이야기를 다 들은 내 감상이었다.

드디어 마키세가 등에 악기를 메고 도착했다. 마키세는 브라스 밴드부다.

한편 구미카와는 궁도부. 양궁 케이스를 손에 들고 일어섰다. 내게 "먼저 가보겠습니다."라고 말하고 등을 돌렸다. 두 여자아이의 그림자가 풀밭에서 멀어져간다. 내 그림자도 얼마 뒤 풀밭을 뒤로했다.

역은 중학교와 고등학교를 넘어서 떨어진 곳에 있다. 중학교 교문 앞을 지나서 횡단보도를 건너면 고등학교 교문이 보인다.

발이 멈추었다.

교문 앞에 사쿠라가 서 있었다.

그녀가 입은 옷은 그 고등학교 교복인 세일러복이었다. 약간 접어 올린 반소매로 보이는 팔과 살짝 짧은 치마 아래로 뻗은 다리가 가늘고, 하얗고, 밤을 꿰뚫는다. 평범한 여고생에게는 보기 힘든 분위기를 풍긴다.

사쿠라가 내가 근무하는 중학교와 같은 부속학교인 고등학교를 다니고 있다는 사실에 나는 당황스러움을 숨기지 못했다. 이런 우연이 다 있다니, 그런 생각이 들었다.

사쿠라는 렌스케라는 선배를 기다린다.

좋아 보이지는 않았다.

벽에 몸을 기대며 밤하늘을 멍하니 올려다보고 있으나 무엇 하나 응시하지 않는 모습이다. 지금 당장에라도 한숨이 들려올 것 같다.

그런 상심한 듯 보이는 그녀. 말을 걸어도 되려나. 우뚝 멈춰선 나.

사쿠라가 쭈그리고 앉는다. 무릎을 안아 몸이 작아지게끔 접어서 스마트폰을 손에 든다. 스마트폰 조작을 하는 것처럼 보이지는 않는다. 스마트폰 모서리를 자기 이마에 대고 맞닿은 지점을 중심으로 삼아 머리의 균형을 잡는다. 한밤중에 그녀는 도대체 무엇을 하고 있는 것일까?

드디어 사쿠라는 결심한 듯 스마트폰 화면을 만졌다. 손끝의 섬세한 움직임이 보였다. 아마도 문자를 보내고 있는 것 같다.

주머니가 울린다.

나는 스마트폰을 꺼내들었다. 잠금 화면을 해제하고 오퍼스를 열었다. 메시지가 도착해 있었다. 사쿠라였다.

[좋은 밤.]

바로 '확인' 표시를 띄우고 말았으니 분명 내가 오퍼스를 켠 것은 들킨 상태다. 사쿠라는 스마트폰 화면을 보고 있었으니 '확인' 표시를 '확인' 했을 테니까.

"좋은 밤." 답장한다.

이런 식으로 보이는 거리에서 메시지를 주고받기 시작했다.

[이렇게 빨리 답장하실 줄은 몰랐어요.]

[오랜만이네요, 선생님.]

"오랜만."

"잘 지냈어?"

푸근하고 귀여운 수수께끼의 생물체가 고개를 숙인 채 축 쳐져있다. 그런 이모티콘이 갑자기 날아들었다. 별로 잘 지내지 못하는 모양이다, 이모티콘을 보니.

[선생님은?]

"아주 잘 지내다 못해 이 세상 최고로 지내는 중이예요."

[거짓말 같은데.]

"풍선, 아직도 좋아해?"

[좋아해요.]

[왜요, 갑자기?]

"으음."

"지금 키노시타 씨는 뭐 하고 있어요?"

[몰라요.]

[저도 잘.]

[뭐하고 있는 거지, 진짜? 겁쟁이. 저, 아무것도 제대로 못 하나 봐요. 일단 푹 웅크리고 있어요.]

"그럼 밤하늘을 올려다 봐주시겠어요?"

사쿠라는 고개를 들었다. 눈앞에는 내가 서 있다.

나는 야광풍선의 끈을 손에 잡았다. 웅크리고 앉은 그녀의 시점에서는 딱 빛나는 풍선이 하늘에 떠 있는 것처럼 보일 것이라 생각했다.

"안녕."

사쿠라는 깜짝 놀라 멍하니 있었다. 마법처럼 풍선이 빛나고 있는 것도 눈앞에 내가 나타난 것도 아직 믿기지 않는 모양이었다.

"……선생… 님?"

눈을 깜빡깜빡하며 사쿠라가 입을 열었다.

"응."

"지금…… 꿈꾸는 것 같아요."

입가를 양손으로 가리고 말하는 모습이 소녀다웠다. 눈동자 빛깔까지 변한다. 우연한 만남이 밤을 눈부시게 한다.

"왜… 여기… 선생님?"

"일 끝나고 들어가는 길."

"네?"

나는 내가 근무하는 곳을 손가락으로 가리켰다. 사쿠라는 옆 부속 중학교를 바라보았다. 그 눈을 보니 그녀가 얼마나 놀랐는지 알 수 있었다.

풍선 빛에 눈부시게 빛나는 사쿠라의 얼굴.

아름다운 쌍꺼풀이구나, 하고 생각했다. 쌍꺼풀이 만든 틈새가 거짓말처럼 깔끔하게 구부러져 있다고 해야 할까? 속눈썹도 길었다. 입술 모습도 선명히 보였다.

"이거, 야광풍선이라고 하는데."

나는 간단히 설명을 마치고 야광풍선 끈을 사쿠라에게 쥐여주었다. 솔직하게 기뻐해 주면 좋을 텐데 사쿠라는,

"짝퉁 달 같네요."

같은 말을 굳이.

장난스러운 도발에 나도 괜히 장난을 치고 싶어졌다.

"필요 없으면 됐어. 안 가져도 돼."

"시러."

하고 나를 노려본다. 사쿠라가 노려보니, 전혀 무섭지 않았다. 애교의 범위에 들어가는 가벼운 견제 정도다. 공포 제로.

"……앗."

하고 사쿠라, 그녀가 일어났을 때는 이미 내 손을 붙잡고 있었다.

사쿠라가 교문 뒤로 나를 끌고 간다. 그곳은 작은 수위실 구석진 곳이었다. 즉 좁은 틈. 사쿠라와의 거리도 가까웠다. 쥐고 있는 내 손을 놓고 사쿠라는 "쉬잇." 하고 검지를 입에 가져다댔다. 무슨 일이 벌어지고 있는지 전혀 알 수가 없었다.

귀를 기울였다.

고등학교의 자전거 보관소에서 빙 둘러서 온 것 같은 자전거 한 대가 끼익끼익 소리를 내며 다가왔다.

사쿠라의 얼굴을 본다. 자전거 소리에 긴장한 모양이다. 문득 사쿠라와 눈이 마주쳤다. 나는 눈을 피하고 말았다.

야광풍선 빛이 우리 둘 사이의 공간을 비밀스레 비춘다. 고개를 들었다가는 다시 눈이 마주칠 것 같다. 일단은 시선을 떨구고 발만 바라본다.

자전거 소리가 지나갔다. 사쿠라가 한숨을 내쉬자 풍선이 떨린다.

"무슨 일이야?"

속삭여서 물어본다.

"그냥······."

사쿠라는 작게 고개를 가로 저었다. 머리카락 향이 풍겼다.

"설명 안 해주려고?"

내가 말하자 사쿠라는 고개를 푹 숙이고 말았다. 그러나 '간접조명' 탓에 표정을 숨기지는 못했다. 사쿠라는 상처 받은 게 분명했다.

"말하기 그러면 안 해도 돼."

"······선생님, 있잖아요."

"응."

"애드벌룬, 또 보러가도 돼요?"

나를 바라본다. 사쿠라의 눈동자 깊은 곳에 풍선의 빛이 비춘다.

"물론이지."

내가 말하자 사쿠라가 미소 지었다. 고드름처럼 가느다란 손끝으로 짝퉁 달을 톡 찔렀다.

역으로 향하는 길에 사쿠라는 모든 사정을 다 이야기했다.

사쿠라는 렌스케가 클럽활동을 마치고 나오는 것을 기다렸다가 말을 걸었다고 한다. 하지만 오랜만에 만나서 이야기하다보니 당황해서 허둥대다 결국 도망쳤다. 마음을 전달하지 못했다. 상심한 사쿠라는 교문 앞에서 밤하늘을 올려다보았다. 그때 내가 나타났다.

　삐걱거리는 자전거에 타고 있던 사람이 바로 그 렌스케였다. 숨은 이유는 렌스케에게 들키지 않고 싶어서였다.

　나는 걸으면서,

　"그거, 부끄럽거나 그렇지는 않아?"

　하고 사쿠라가 끌고 가는 야광풍선을 가리키며 말했다.

　"안 부끄러워…… 요."

　"존댓말 안 해도 돼, 괜찮으니까."

　"부끄럽지 않아요. 빛나는 풍선을 끌고 가면 사람들이 비웃기라도 하나요? 그렇게 살기 힘든 세상인 건가요?"

　살기 힘든 세상 맞거든? 말로 표현하지 않을 뿐이지 많은 사람이 그렇게 느끼고 있다. 살기 힘들어. 사는 게 괴로워. 숨쉬기 어려워, 라고.

　역 앞 교차로. 신호등 불은 녹색에서 노랑, 빨강으로. 기다리다 지쳐 얼이 빠져버렸다. 빨간불에서 끈이 튀어나와 빨간 빛을 깜빡이는 풍선이 되어 밤하늘로 날아간다.

그런 몽상을 했다.

사쿠라는 버스로 돌아가겠다고 했다.

역 버스터미널에서 같이 버스를 기다렸다. 사쿠라가 안
보는 틈에 나는 풍선 입구를 붙잡고 전구 스위치를 껐다.
야광풍선이 그냥 풍선으로 직위 하락. 알아차린 사쿠라가
골이 났다. 내 딴에는 좋으라고 한 일이었는데.

그렇다고는 해도 풍선을 손에 쥐고 버스에 타는 여고생
의 모습은 기이했다. 다른 승객도 마찬가지로 느끼고 있
을 터. 한편 사쿠라는 어딘지 모르게 재미있는 눈치였다.
밖에서 봐도 알 수 있었다.

나는 창문을 사이에 두고 사쿠라와 대치했다.

닫히는 문. 출발하는 벗. 손을 흔드는 나. 풍선에 빛이
들어온다. 내 손이 멈춘다. 사쿠라는 천진난만 웃는다.

버스 차체의 빨간색이 더 이상 보이지 않았다. 나는 버
스 터미널에서 개찰구로 이동했다. 전철을 타고 손잡이를
잡고 한 손으로 스마트폰을 확인한다.

사쿠라가 사진 한 장을 보냈다.

야광풍선의 풍선부분이 아니라 늘어져있는 검은 소원종
이가 찍혀있었다. 버스에 타기 직전 내가 건네준 부속품
형광펜으로 쓴 것으로 보이는 글씨가,

[선생님도 힘내세요.]

라고 쓰여 있었다.

내가 힘내야 할 곳이 있다고 한다면 시험공부 말고는 없다. 교직원 채용시험은 여름이다. 그리고 여름은 반드시 찾아오는 법이다.

나도 모르게 웃음이 나왔다.

거의 띠동갑인 여고생에게 공부 열심히 하라고 응원을 받다니······.

"고마워."

나는 메시지 답장을 보냈다.

전철 안에서 사쿠라와 메시지를 계속 주고받았다.

내일 방과 후, 사쿠라는 렌스케에게 마음을 전하겠다고 내게 선언했다. 의지가 굳어 보였다.

내일 모레 밤. 야광 애드벌룬을 보러 한 번 더 사쿠라가 옥상으로 찾아온다. 그때 그 전날의 결과를 보고하겠다고 했다.

4월 21일 밤은 이러한 이유로 사쿠라를 기다리고 있었다. 만나기로 한 장소는 저번과 마찬가지로 츠타야 앞. 10분이 지나고. 20분이 지나고.

"무슨 일 있니?"

메시지를 보냈다. 기다리기 시작한 지도 꽤 되어서 주변에 보이던 얼굴도 많이 바뀌었다. 기다리고 있던 사람을 만나면 누구든 미소를 짓게 되는 모양이다. 나는 미소를 잔뜩 보았다. 내가 보낸 메시지는 '확인' 표시조차 되지 않았다.

사쿠라가 약속을 해놓고 바람을 맞힐 아이라고는 믿겨지지 않았다.

혹시? 하는 생각이 스쳐 지나간다. 사쿠라가 어제 방과후 렌스케에게 제대로 고백한 뒤 그것이 받아들여져서 두 사람은 사귀는 사이가 된 게 아닐까?

만일이기는 하지만 있을 법한 이야기다.

연인이 생겼다면 다른 남자와 둘이서 만나는 상황은 피하고 싶은 법. 아주 당연한 이유로 나를 피하는 것이다. 아니려나?

혹시 그렇다면 오히려 좋은 일이다. 나보다도 렌스케 같은 좋아하는 사람과 함께 밤하늘을 올려다보기를 바라고 있으니까.

〉〉 야광풍선, 다들 샀어?

그날 밤 〈SNS글〉은 이런 질문을 던져보면서 시작했다.

〉〉 그게 뭐임?

>> 지하철 세이부선 사람 짱 많아

>> 안녕하세요, 후쿠오카에서 문안 올리옵니다.

>> 의외로 비싸서 안 삼.

>> 유투브 크리에이터 파트너 하실 분 모집 중

>> 아

>> 아침 드라마를 밤에 보는 나란 놈

>> 야광풍선 어디서 살 수 있나요?

>> 라면 땡기네.

>> 에

>> 여기는 야마가타에서 왔습니다.

>> 취준생 분 정보교환 안 하실래요?

>> 이

>> 인터넷으로만 판매한대요.

>> 누가 아라시 티켓 좀 양도해주세요……!

>> 여기는 교토.

>> 이상한 아저씨가 난리친다.

>> 오우

>> 벌룬 쌤! 여친 있어요?!

웃겨서 뿜어버렸다.

>> 없어요.

벌룬 선생님은 솔직하게 〈SNS글〉을 올린다. 그러자,

〉〉벌룬 쌤은 동정이다 설.

이 어쩌고,

〉〉체리보이 쌤이었넹?

이 어쩌고, 자기들 멋대로 떠들고 앉았다. 아주 언짢지만 나는 〈생도〉들의 장난질이라고 해야 할지 사랑의 관심질이라고 해야 할지에 웃고 말았다.

〉〉풍선, 날아가 버렸어…….

나는 누군가의 손을 떠나 일본 어딘가의 밤하늘을 기분 좋고 우아하게 헤엄치는 야광풍선을 망상했다.

사쿠라와 있었던 일을 떠올리지 않았다고 하면 거짓말이다.

달이 밝을 때. 고등학교 교문 앞을 지나갈 때. 도쿄타워가 눈에 들어왔을 때. 그럴 때 문득 기억이 떠오를 때가 있다. 떠올리고 나면 사쿠라와의 메시지 화면을 다시 바라본다. 내가 보낸 메시지는 이주일 째 아직도 확인표시가 뜨지 않았다.

사쿠라의 타임라인을 슬쩍 보니 최근에는 〈SNS글〉을 하나도 올리지 않았다. 더 이상 오퍼스 자체를 거의 이용하지 않는 모양이었다.

나와의 약속도 깨버렸고, 괜히 부담스러워져서가 아닐까? 이제 와서 연락이 오리라는 생각은 안 든다.

그런 식으로 상상하고 있었기에 메시지가 왔을 때는 더욱 놀랐다. 나는 잠이 덜 깬 채로 메시지를 읽기 시작했다.

[요코모리 씨, 처음 뵙겠습니다.]

눈을 비볐다.

[키노시타 쇼코라고 합니다. 사쿠라 엄마입니다.]

사쿠라가 보낸 메시지가 아니었다. 갑자기 연락해서 죄송하다고 쇼코 씨가 사과했다.

[딸 사쿠라와 관련된 일로 요코모리 씨에게 상담을 드리고 싶은 일이 있습니다. 부탁드립니다. 시간을 내주실 수 있으신지요? 직접 만나서 말씀드리고 싶습니다.]

내용도 내용이지만 상황이 파악되지 않았다.

도대체 뭐가 어찌 된 일이지?

일주일이나 연락 두절이던 사쿠라로부터 드디어 메시지가 왔나 싶었는데 보낸 분은 어머니였다. ……머릿속을 정리하려고 해도 이해가 잘 안 갔다.

내용도 이해가 안 갔다. 사쿠라와 관련된 일로 내게 상담을 부탁하고 싶다? '읽씹' 할 만한 메시지는 아니었다.

나는 휴일 오후 커피숍에서 쇼코 씨와 만나기로 했다. 가게는 쇼코 씨가 정한 곳이었다.

가게에 들어가자 쇼코 씨가 자리에서 일어나 나를 맞이해주었다.

쇼코 씨는 사쿠라와는 대조적으로 풍만한 분이었다. 피부도 창백하기보다는 건강한 갈색으로 활기찬 모습도 있었으나, 조금 피곤해 보이는 인상도 있었다.

쇼코 씨 맞은편에 내가 앉았다.

"아이스 아메리카노로."

하고 종업원에게 막 부탁한 내게,

"요코모리 씨……."

쇼코 씨는 말했다.

"사쿠라의 연인이 되어주지 않으시겠어요?"

쇼코 씨는 어딘지 모르게 여유가 없는 절박한 사람의 눈으로 나를 바라보았다.

"……네?"

말고는 대답할 말이 없었다.

"연인인 척해주셨으면 해요, 요코모리 씨가."

말을 조금 바꿔서 말했다. 여전히 쇼코 씨의 눈에는 여유가 없었다. 아니, 나도 마찬가지다.

"도대체… 무슨… 사정이신지?"

하고 겨우 더듬더듬 대답하는 게 최선이었다.

쇼코 씨는 일단 자신을 진정시키려는 양 커피잔에 입을 가져다 댔다. 그리고는 작은 목소리로 사과했다.

"죄송합니다, 갑자기 이상한 말씀을 드려서."

뭐라고 대답해야 좋을지 모르겠다.

"……실은."

하고 쇼코 씨가 이야기를 꺼냈다.

"사쿠라, 일주일 전에 교통사고를 당했어요. 그래서 지금 입원하고 있습니다. 생명에는 지장이 없지만요."

나는 맞장구나 대꾸를 하지 못했다. 내가 야광풍선을 건네준 다음날 밤이었던 모양이다. 학교에서 돌아오는 도중에 사쿠라는 교통사고를 당했다.

"사쿠라에게는 연인이 없었습니다. 여태까지는 없어도 괜찮았어요. 하지만 사정이 바뀌었다고 할지. 지금 사쿠라에게는 사쿠라를 구해줄 연인의 존재가 꼭 필요합니다. 이런 말씀을 어머니인 제가 부탁드리는 것도 분명 정상은 아니라고 생각합니다. 하지만 그 아이를 위해서 말씀드립니다. 요코모리 씨, 사쿠라와 사귀어주세요."

"……잠시만, 잠시만 기다려주세요."

사쿠라가 사고를 당해 입원해서…… 사정이 바뀌었고 연인이 필요하게 되었으니까 사쿠라랑 사귀어 달라고?

쇼코 씨는 기다려주지 않았다.

"사쿠라는 사고를 당한 후유증으로 기억을 잃어버렸어요."

사고 당일 어떤 일이 있었는지 사쿠라는 전혀 기억하지 못하는 모양이다.

그래서 쇼코 씨는 말했다.

"무슨 말을 해도 사쿠라는 믿어버릴 거예요, 분명……. 사쿠라는 요코모리 씨와 사귀기로 약속했다. 사고를 당한 것은 그날 밤 돌아가는 길이었다……."

마치 내게 그런 일이 있었다고 확인시키기라도 하는 말투였다.

"무슨 말씀을 하시는 건지……."

"요코모리 씨가 **그렇게** 말해주기만 하면 사쿠라는 분명 그렇게 믿을 거예요."

"잠깐만요."

거짓말을 하라, 그런 말인가? 사쿠라와 사귀기 위해?

이 어머니라는 사람은 지금 무슨 생각을 하는 거지?

애초에 사쿠라를 갑자기 그런 대상으로 보라고 하는 것 자체가 불가능한 일이었다.

"요코모리 씨. 정말 죄송합니다."

쇼코 씨는 내게 여유를 줄 생각이 없었다.

"아무것도 묻지 마시고, 제발."

"아니, 그게……."

"제게… 아무것도, 묻지 말아 주세요. 이번 일에 대해서, 요코모리 씨가 꼭 듣고 싶으실 만한 사항, 전부. 정말, 멋대로 이런 부탁을 드려 죄송합니다."

나는 입을 떡 벌리는 것 말고는 아무 것도 할 수 없었다.

"그래도, 하나 말씀드릴 수 있는 게 있습니다……."

쇼코 씨는 나와 시선을 마주하고 다른 곳으로 돌리지 않은 채 말을 이었다.

"사쿠라는 요코모리 씨를 신뢰했어요."

"……신뢰."

"네."

쇼코 씨의 말투가 조금씩 차분해져 간다.

"사쿠라는 야간에 실성증을 겪고 나서 밤이 되면 자기 방에서 은둔하고 지내기 일쑤였습니다. 가족 간의 커뮤니케이션도 줄어들었고요. 약을 먹여보거나 다른 여러 방법을 시도해보았습니다. 그러나 전혀 효과가 없어서 거의 포기하고 있던 참이었어요. 그런데 어느 날 밤늦게 집으로 들어온 사쿠라가 저를 꼭 안더니 한없이, 한없이. 많은 말을 제게 들려줬습니다. 지금까지 쌓여온 여러 말을, 전부 다.

사쿠라는 요코모리 씨를 만나서 구원받았습니다.

실성증을 극복하게 된 것도 다 요코모리 씨 덕분입니다.

사쿠라가 빛나는 풍선을 요코모리 씨한테서 받아 돌아온 날 가족 모두가 웃음꽃을 피웠습니다. 웃음을 멈출 수가 없었습니다. 사쿠라가 요코모리 씨 이야기를 할 때면 정말 즐거워 보였습니다. 아마도 요코모리 씨를 신뢰하고 있었기 때문이겠지요. 딸이 신뢰하는 사람이기에 부모인 저도 신뢰하고 있습니다."

쇼코 씨는 신뢰뿐만이 아니라 나를 향한 감사도 품고 있는 모양이었다.

그렇다고는 해도 내 당혹스러움은 사라지지 않았다.

사쿠라의 기억이 결핍된 틈에 끼어 들어가 사쿠라 앞에서 연인 행세를 하라고 한다면 사쿠라를 속이는 일이 된다. 그런 일을 어머니에게 부탁받았다고 해서 들어줄 수는 없는 노릇이다.

"부탁드립니다."

쇼코 씨가 고개를 숙였다.

"사쿠라에게는 요코모리 씨 밖에 없습니다."

렌스케가 있잖아요. 렌스케랑 있었던 일은 도대체 어찌된 겁니까? 사쿠라는 렌스케를 좋아했다구요. 그 기분을 솔직히 고백할 참이었어요.

사쿠라가 설마 그런 사고를 당했으리라고는. 다음날 21일 밤 만나기로 한 장소에 나타나지 않은 게 당연한 일이었다.

학교에서 돌아오는 도중에 불행한 사고를 당했다고 한다면 방과 후 사쿠라가 선언한 대로 렌스케에게 고백을 했다는 말이 아닐까?

묻고 싶었다. 묻고 싶은 것이 너무 많았다. 하지만 물을 수 없었다.

"지금 혹시 시간 괜찮으신가요?"

쇼코 씨가 묻는다.

"네."

내가 그렇다고 대답하자 쇼코 씨는 계산서를 집어 들었다.

"사쿠라가 입원한 병원이 여기 바로 옆에 있거든요."

❦

집에 돌아온 나는 피곤했던 모양인지 저녁밥도 안 만들고 잠들어 버렸다. 일어나서 텔레비전을 틀어보니 매주 빼놓지 않고 보는 예능방송이 시작하고 있었다. 집 근처 편의점에 가서 적당히 도시락을 골라서 돌아온다. 텔레비전을 보는 동안 웃음 포인트에서 제대로 웃지를 못하는 이런 경험은 처음 이었다.

나는 낮 동안 있었던 일을 떠올렸다.

커피숍을 나온 뒤 나는 쇼코 씨가 이끄는 대로 사쿠라가 입원하고 있는 병원을 찾아갔다. 사쿠라의 병실 앞에서 있었던 일이다. 쇼코 씨는 급히 내 손을 잡고 "요코모리 씨는 사쿠라의 연인인 겁니다."하고 속삭이며 한 번 더 못을 박았다.

"죄송합니다만 아무래도 역시 그건……."

"방과 후 요코모리 씨가 먼저 사쿠라에게 고백한 겁니다. 그리고 그 아이를 부를 때는 '사쿠라'라고 이름으로 불러주세요."

"쇼코 씨."

"네."

"손이, 좀 아픈데요."

"앗……, 죄송합니다."

쇼코 씨가 손을 놓자 당연히 아픔은 사라졌다. 하지만
이번에는 마음이 아파왔다. 쇼코 씨는 나를 혼자 병실로
보냈다.

사쿠라는 나를 기억하고 있었다.

내가 사쿠라를 잊지 않았듯.

나랑 같이 야광 애드벌룬을 올려다보았던 밤도, 사고 전
날 야광풍선을 건네줬던 밤도, 사쿠라는 기억하고 있었다.
나 보다 훨씬 선명하게 기억하고 있을 정도였다. 내 자신
의 기억력이 얼마나 애매모호한지를 살짝 저주할 만큼.

사쿠라는 생각한 것보다 훨씬 기운 있어보였다. 교통사
고라고 하니까 훨씬 심각한 게 아닌가 상상했었다. 하지
만 허벅지나 옆구리에 멍이 남은 모양이라 여자아이인데
안타깝다고 생각했다. 웃으면 아프다고 했다. 그래도 사
쿠라는 웃었다.

병원 식사가 맛없다는 것, 옆 병실 아저씨랑 친해졌다는

것, 안마당을 걷고 있는데 소나기가 내려서 쫄딱 젖었다는 것, 평범한 이야기를 사쿠라가 하는 동안 이야기를 듣는 나는 다른 문제를 생각하고 있었다.

'사쿠라의 연인이 되어주지 않으시겠습니까?'

쇼코 씨의 말이 계속 내 등에 들러붙어 있었다. 가끔씩 손으로 등을 밀어 재촉하니 무시하지도 못했다.

'사쿠라에게는 당신밖에 없습니다. 요코모리 씨는 사쿠라의 연인인 겁니다. 그 아이를 부를 때는 '사쿠라'라고 이름으로 불러주세요.'

여성을 이름으로 부른다는 게 별 것 아닌 일로 보일지도 모른다. 하지만 이번에는 다르다. 호칭을 바꾸는 일은 관계성까지 확 바꾸고 마는 일이니까.

"……저기."

나는 애매한 호칭으로 사쿠라를 불러보았다.

"뭐 마시고 싶은 건 없어?"

"으음~, 어디 보즈흐아암."

사쿠라가 하품을 섞었다. 크게 벌린 입으로 "탄산."이라고 말했다. "……이 먹고 싶어요."

"사 올게. 기다려."

라고 말한 나는 병실을 나왔지만,

"지금… 기다려… 라고 했죠?"

어째서인지 사쿠라도 따라 나왔다. 목발을 짚으며.

"선생님 혼자 사러 가는 건 걱정돼서."

"나 만으로 스물일곱인데."

엘리베이터 옆 자동판매기에서 주스를 두 개 샀다. 병실로 돌아가 보니 사쿠라가 내 얇은 스웨터 소매를 잡아끌었다.

"선생님, 오늘은 '내' 옥상으로 안내할게요."

우리는 엘리베이터를 탔다.

병원 옥상은 시부야역 앞 빌딩 옥상에는 없는 무언가를 가지고 있었다. 청결함과 자연. 어디서 날아들었는지도 모를 편의점 비닐봉지도 없다. 공기도 상쾌하다. 숲도 보인다.

나와 사쿠라는 벤치에 나란히 앉았다. 햇살이 따스하다. 봄 냄새가 났다.

"미안해요."

하고 사쿠라가 말을 꺼냈다.

"선생님하고 한 약속 못 지켜서. 야광 애드벌룬 같이 또 보자고 약속했었는데……."

"신경 쓰지 마."

그보다 무사해서 다행이었다.

"난 완전히 괜찮으니까."

이 말은 내가 말하고도 조금 잘못된 기분이 들었다. 하지만 철회할 기분도 들지 않았다. 타협안이라고 하기는 어렵지만 대신 이런 말을 덧붙였다.

"언제든 또 와."

"괜찮아요?"

"응."

우리는 음악 이야기를 했다. 마이너 밴드 이야기는 안 했다. 우리는 '스피츠'에 대해 이야기했다. 알고 보니 우리 둘 모두 '차가운 뺨(冷たい頰)'이라는 곡을 좋아했다.

사쿠라는 스마트폰에서 'iTunes'를 이용해서 듣는 모양이다. 나는 하늘을 올려다보았다. 옥상에서 태양을 바라보는 게 거의 처음이어서 살짝 기분도 들뜬다.

"여기요."

사쿠라가 이어폰 한쪽을 내게 건넨다. 얼레, 이거, 연애만화나 연애영화에서 보던 것 같은데. 굉장히 당혹스러웠다.

"결벽증이에요?"

"아니긴 한데."

"설마 선생님, 이어폰을 귀에 넣어본 적이 없다거나 그런 거?"

"오늘 이상하게 날 애 취급하네?"

"넣어드릴게요."

"아아."

그럴 거면 내가 할게, 하고 나는 이어폰을 정중히 받아들고 오른쪽 귀에 넣었다. 아직 아무 소리도 들리지 않는다. 옥상에는 어디서 날아들었는지 낙엽이 바람에 실려 빙글빙글 맴돌면서 나와 사쿠라 앞을 지나가고 있었다.

"아."

"들려요?"

"응."

나온다. 기타가 연주하는 부드러운 도입부가. 백지처럼 새하얀 옥상. 푸른 하늘과 구름. 펼쳐진 숲. '차가운 뺨'은 왠지 모르게 지금 이 풍경에 어울렸다. 보컬의 목소리는 마치 숲을 통해 들려오는 것 같다.

"……우왓."

뺨에 차가운 느낌이 들어서 나도 모르게 소리를 냈다. 장난친 사람은 사쿠라였다. 콜라 캔을 내 뺨에 가져다 댄 것이다. "안 마실 거예요?", "마실 건데.", "따 드릴까요?", "나 어린애 아니라니까?", "후후. 열어버렸어요. 여기요.", "아, 고마워."

한 입 마시고 멍하니 생각한다.

사쿠라가 연인이었다면…… 어쩌면 평범하게 즐거울지도 모른다. 재미있고 평범하게 행복할지도 모른다.

하지만 거짓말을 하면서 사귀는 연인 사이가 무슨 의미가 있나? 진정한 행복이 정말 그렇게 찾아올까? 사쿠라를 위해서 좋은 일은 도대체 무엇일까?

나는 키노시타 사쿠라를 이름으로 부르는 게 아무래도 어려웠다. 부른다면 그 순간 그녀를 배신하게 된다. 그런 짓을 도대체 어떻게 하겠는가?

"키노시타 씨."

나는 내 태도를 단단히 굳혔다. 무슨 절박한 사정이 있는지는 모르지만 아무리 그래도 쇼코 씨의 요구를 들어주지는 못 하겠다.

"네."

지금까지 나와 사쿠라의 관계를, 적절한 거리감을, 나를 위해서라도 다시 한번, 강조해두어야 할 것 같았다. 그런 의미에서도 이런 말을 입에 올렸다.

"나, 키노시타 씨보다 한참 연상이니까 말이지."

사쿠라는 좋아하는 또래 남자가 있었다. 그녀가 '이어폰 같이 듣기'를 할 상대는 내가 아니다. 같은 또래고 마음에 두고 있던 렌스케가 훨씬 어울린다. 그러는 편이 사쿠라에게도 훨씬 재미있을 것이다.

"……알거든요."

들릴 듯 말 듯 한 목소리로 사쿠라가 말했다.

"저는 선생님하고 비교하면 어린애죠."

"아니, 그게."

"꼬마죠."

나는 떠올렸다. 사쿠라가 처음 자신이 대학생이라고 거짓말한 일을. 사쿠라는 자기가 '17세'라는 사실이 싫은 것이다. 어른 같으면서도 아이인, 그런 답답하게 근질근질한 연령이 용납되지 않는 것이리라.

"어른이 되고 싶어."

목소리의 볼륨은 변하지 않은 채로 사쿠라는 고개만 들어올렸다.

"별로 좋을 거 없어, 어른 같은 거."

나는 의견을 낸다.

"어른이 되면 세상이 달라 보인다, 같은 식으로 생각하고 있을지 모르지만 전혀 그렇지 않거든."

"되고 싶은 건 되고 싶은 건데."

하지만 되고 싶어서 되는 것도 아닐 텐데.

말 안 했던가.

나에게는 막연히 '어른이 되고 싶다.'라고 말하는 사쿠라가 오히려 어린애로 보였다. 억지로 나를 어린아이 취급하려고 하거나 차가운 음료수를 볼에 가져다 대거나 이런 식으로 바로 토라지거나 하는 행동도 포함해서.

"누구라도 언젠가는 어른이 돼."

나는 약으로도 독으로도 못 쓰는 애매한 말을 했다.

그러자 음악이 끝났다. 후렴구 도중에. 이상하다 싶기도 하고 반응을 안 하기도 그래서 일단은 물어보았다. 그러자 사쿠라가 "죄송해요. 잘못 눌러서 노래를 꺼버렸어요."라고 대답했다.

나는 노래를 다시 틀 줄 알고 귀를 기울였다. 그런데 그런 기색도 없고 사쿠라도 이어폰을 떼고 화제를 바꾸었다.

"오늘 밤에 '아메토-크*' 무조건 재미있을 거예요. 운동신경 나쁜 게닌이 나온대요. 저 진짜 기대돼요."

"나도 기대되는데?"

사쿠라에게 맞장구치느라 한 말이 아니었다. 단순히 정

---

* 2003년부터 시작된 일본의 인기 심야 예능방송

말로 기대가 됐다. 오른쪽 귀에서 이어폰을 떼니 숲에서 나뭇잎이 서로 스치며 나는 소리가 더욱 선명하게 들렸다.

결국, 나는 사쿠라에게 '내가 너의 남자친구야.'라거나, '기억하지 못해도 좋아. 앞으로 함께 다시 시작하면 되니까.' 같은 감미로운 대사는 내뱉지 못했다. 앞으로도 내뱉을 생각이 없다는 사실을 병원 안마당에서 기다리는 쇼코 씨에게 전했다. 쇼코 씨는 내 말을 듣고 입을 다물고 말았다. 충격이 너무 컸을지도 모른다. 하지만 철회하지 않았다. 대답 없는 쇼코 씨에게 작별을 고하고 혼자서 병원을 나왔다.

참고로 이번 병문안은 내가 오고 싶다고 해서 온 걸로 되어있었다. 즉, 사쿠라와 연락이 되지 않은 내가 걱정이 되어서 고등학교에 찾아가 어머니인 쇼코 씨의 연락처를 알았다는 스토리다.

사쿠라는 어머니 쪽에서 먼저 내게 연락을 취해왔다는 사실을 모른다. 앞으로 알게 될 일도 없을 것이다. 사쿠라의 스마트폰 오퍼스 어플리케이션 안에 있는 나와 쇼코 씨가 나눈 메시지 기록은 쇼코 씨가 이미 지웠다.

나는 도시락을 다 먹었다. 방송이 끝나고, 광고가 시작

됐다. 그대로 자연스럽게 스마트폰을 손에 들었다. 오퍼스를 켰다.

내가 사쿠라에게,

"다음번에는 '내' 옥상으로 놀러 와주세요."

라고 써서 보낸 것과,

[오늘. 병문안 와줘서 기뻤어요.]

라고 사쿠라가 내게 메시지를 보낸 것은 완벽하게 같은 시간. 어쩌면 사쿠라도 '아메토─크'를 보고 있었던 걸지도 모른다. 다 보고, 동시에 스마트폰을 꺼내 메시지를 보내는 바람에 이렇게 타이밍이 겹친 것일지도 모른다.

작은 우연이었다. 하지만 나는 그날 밤 처음으로 밝은 기분을 느꼈다. 이 우연으로 사쿠라도 웃음 지은 것 같은 느낌이 들었다.

마키세와 구미카와 사이에 무슨 일이 있었던 게 분명하다.

아니라면 수업 중 두 사람이 한 번도 시선을 맞추지 않을 리가 없었다.

정확히 말하자면 마키세는 구미카와에게 시선을 보냈다. 구미카와가 반응하지 않았다. 일부러 반응하지 않으려고 애쓰고 있는 것처럼 보였다.

쉬는 시간 모습도 신경이 쓰였다.

마키세가 구미카와에게 말을 걸려고 자리에서 일어선다. 그러면 구미카와도 자리에서 일어나 마키세를 피하려는 양 교실을 떠나버리고 마는 것이다.

구미카와의 무표정한 얼굴은 사진처럼 움직이지 않았다. 마키세는 일부러 구미카와를 쫓는 짓은 하지 않고 자기 자리로 돌아왔다. 무표정이 마키세의 얼굴에도 옮아갔다.

다음 날. 수업 시작 전 마키세는 코를 풀고 있었다. 교실 앞문 근처에서. 그곳에 쓰레기통이 있었다. 불쌍하다 싶어서 나는 시선을 창으로 옮겼다.

"더러워!"

그런 소리가 들렸다. 마키세는 어느 틈에 여자아이 몇 명에게 둘러싸여 있었다. 똑같은 의도를 지닌 말이 차례로 들려왔다. 비염이 있어 항상 코를 풀고 있는 마키세를 향해 기분 나쁘고 못된 의도를 지닌 말이 날아들었다.

마키세는 대꾸하지 않았다. 코를 푼 티슈를 두 손으로 조심스레 쓰레기통으로 옮겼다. 얼굴이 조금 긴장되어 굳어져보였다.

여자아이 한 명이 마키세의 휴대용 티슈를 빼앗았다.

그 순간을 마침 교실로 들어온 구미카와가 목격했다. 여자아이들은 구미카와를 경계했다. 구미카와는 평소에 마키세를 진심으로 지켜줘 왔다.

그러나 이번에 보인 반응은 달랐다.

보고도 못 본 척.

구미카와는 마키세와 여자아이 사이를 지나쳐 자기 자리에 앉았다. 결국 내가 나서서 그 순간을 어떻게든 정리했다.

수업이 끝나고 나는 사에키 선생님에게 교무실로 불려 갔다. 내가 마키세를 도와준 모습을 구석에서 보고 있었던 모양이었다. 나는 혼날 각오를 하고 있었다. 그런데,

"알려드리는 게 늦었습니다만, 우리 반 마키세, 전학 가는 것으로 결정되었습니다."

나는 이런 소식을 들었다.

"괴롭힘이 원인입니까?"

물음에 사에키 선생은 안경을 벗고 눈을 비비며 "아뇨, 아닙니다."하고 대답했다. 아버지 일 문제로 오사카로 전학 간다고 한다.

전학이 마키세와 구미카와의 사이가 나빠진 데에 관계

가 없다고는 보이지 않았다. 나는 사에키 선생에게 요즘 두 사람이 어떤지를 전달했다. 그러자 이번에는 복도로 끌고나와 장소를 바꾸었다.

"솔직히 그렇게 예민하게 반응할 필요 없을 것 같은데요."

"무슨 말씀이신지?"

사에키 선생은 당연하다는 양 말했다.

"마키세는 전학 가니까 말이죠."

어차피 전학 가니까 이제 와서 우정을 회복시키니 어쩌니 다 필요 없는 것 아니요? 그런 식으로 들렸다. 나는 그가 경멸스러웠다.

"저는 두 아이가 사이가 좋았던 예전으로 돌아갔으면 합니다."

"또 괜히 끼어드실 생각인가 보네요?"

나는 말문이 막혔다.

"담임도 아닌 주제에 나대지 말라고 했죠? 요코모리 씨. 적당히 나대고 가만히 계시죠."

사에키 선생의 한숨에는 나를 향한 경멸이 섞여있었다. 내가 쓸데없는 풍파나 만드는 귀찮은 놈으로 보이는 모양이다.

"요코모리 씨는 보니까,"

사에키 선생이 교무실로 돌아가기 직전에,

"참 힘들게 사시네요."

하고 내게 말했다.

사에키 선생에게 들은 마지막 말이 몸을 묵직하게 짓눌렀다. 나는 그 말을 질질 끌고 교실로 들어갔다.

학생들에게 교과서를 펴라고 이야기하고 수업을 시작한다. 유명한 시인의 시를 몇 개 다루고 의미를 생각했다.

수업종이 울리기 전에 숙제를 냈다. 학생 전원에게 냈지만 사실상 구미카와를 위해 생각한 과제였다. 어느 시의 뜻을 다음 시간까지 생각해오기.

그 시는 이시카와 다쿠보쿠의 시집 '한 줌의 모래'에서 발췌했다.

뺨에 흐르는

눈물 닦지 않은 채

한 줌의 모래 움켜쥐어 보이던 사람 잊지 못하네

頰につたふ

なみだをごはず

一握りの砂を示しし人を忘れず[*]

🌙

마키세와 처음 이야기한 것은 이 풀밭에서였습니다.

지금 이 순간의 저와 선생님이 이렇게 마주쳤듯이 밤에 딱 마주쳤습니다. 저도 마키세도 누군가를 기다리고 있었던 연유는 없었고, 그저 별다른 뜻 없이 이곳에 왔었던 차였습니다.

교실에서도 클럽활동 양궁장에서도 숨쉬기 어렵고 또한 고독했는데, 그래도 아무렇지도 않은 척 집으로 돌아가자니 마음이 헛헛하여 어찌하다 보니.

저는 여기 이 어둑어둑한 풀밭에서 구원을 바라고 남몰래 온 것이 아닐까 생각합니다. 마키세도 분명 그랬던 게 아닐지. 그 아이, 그때쯤에는 이미 따돌림을 당하고 있던 차였으니까.

선생님은 교실 안에서의 마키세 말고는 모르시겠지요. 그 아이, 브라스 밴드 부원에게도 괴롭힘을 당하고 있었습니다. 괴롭힘이란 무언가 불가항력적 이유가 있기에 시

---

[*] 이시카와 다쿠보쿠 저, 엄인경 역, 한 줌의 모래(필요한책, 2017), 15p.

작되는 것만은 아닌 모양입니다. 마키세를 보면 정말 그리 생각하게 됩니다. 괴롭히고 싶어지는 체질이라는 게 정말로 있는 것인지. 마키세는 진정 그러합니다. 비염이니까, 계속 코를 풀어대니 괴롭히는 것이 아닙니다. 마키세는 '비염 보유자'일 뿐 아니라 "괴롭힘 유발자'이기도 한 것입니다.

이 풀밭이 숨쉬기 좋은 장소라 다행입니다.

저희는 여기서 여러 이야기를 나누었습니다. 처음 만난 다음날부터 저희는 이곳에서 만나서 같이 귀가했습니다.

그 일이 있었던 날은 평소와 다름없는 밤이었습니다. 마키세가 "오늘 밤은 활처럼 휜 초승달이 떴네." 하고 말을 꺼내기에 "활, 볼래?" 하고 이야기가 진행되어 양궁 케이스에서 활과 화살을 꺼낸 저는 그럴듯하게 활을 당기는 자세를 취해서 보여주었습니다. 그런 뒤 활을 당긴 채로 앉았죠. 그런데 정신을 차려보니 활이 오른손에서 사라져버렸고…… 지면에 박혀 있었습니다만, 제 오른쪽 종아리를 스치고 지나간 모양인지 상처에서 검은 무언가가 솟아나고 있었고…… 깜깜하여 그런 색으로 보였던 것이겠지요, 피가 난 것이었습니다.

제가 겁이 나서 울음을 터트리자 "괜찮아, 괜찮아"하고 마키세는 냉정히 저를 꼭 안아주고는 소중한 휴대용 티슈 전부를 써서 지혈해주었습니다. 마키세는 저를 업고 학교로 향했고. 저는 배로 전해지는 마키세의 체온을 느끼는 사이 조금씩 기분이 가라앉았던 것이 기억납니다.

마키세는 저를 업고 가는 와중에도 콧물을 훌쩍였습니다. 훌쩍, 훌쩍하고. 신경이 쓰여서 옆에서 마키세의 얼굴, 슬쩍 바라보았습니다. 역시나 콧물이 늘어져 있었습니다. 밤이라고는 해도 제대로 보였습니다. 그저 마키세는 콧물을 훔치는 일조차 뒤로 미루고 얼른 저를 학교로 데려다주려고 앞으로 나아가주었습니다.

교문이 다가오자, 클럽활동이 끝난 아이들이 늘어나기 시작했습니다. 마키세도 분명 자기의 더러워진 얼굴을 남에게 보이고 싶지 않았다고 생각해요. 하지만 그래도 마키세는 멈추지 않고 달려가 주었습니다.

저는 무사히 보건실에 도착했습니다. 보건실에서 마키세의 엉망이 된 얼굴을 본 저는 마키세를 평생 지켜주겠다고 결심했습니다. 저에게는 마키세가 자랑스러운 존재입니다. 그렇게 얼굴을 지저분하게 만들면서까지 저를 도와준 마키세가.

사쿠라가 퇴원했다. 마침 잘됐다 싶어 만나기로 했다. 이제는 목발 없이 걸을 수 있는 모양이었다.

츠타야 시부야점 앞에서 그녀가 나타나기를 기다린다.

그랬더니 혼잡한 대각선 횡단보도 가운데 우리 중학교 교복을 입은 여자아이를 발견했다. 알고 있는 여자아이라고 생각했다.

"구미카와."

선생님의 입장으로 말을 걸지 않을 수 없었다. 이런 한밤 중의 시부야에 중학생이 혼자서 돌아다니는 것은 너무 위험하다.

"선생님."

이런 장소에서 학교 선생님과 만나거나 하면 조금은 겁을 먹고 움츠러들기 마련일 텐데. 구미카와는 표정 하나 변하지 않고 의연히 버티고 섰다.

"혼자서 뭐 하고 있니?"

"묵비권을 행사하겠습니다."

"아니, 잠깐만. 응? 그 정도로 말 못 할 사정?"

"네."

구미카와는 고개를 숙인 채 밤하늘을 가리켰다. 이유를 알 수 없었다.

"저, 아직, 직접 야광 애드벌룬을 본 적이, 없어서."

어째서인지 부끄러운 일인 양 구미카와가 말한다.

"그래서 보려고?"

"네. 그리고 온 김에 〈SNS글〉도 야후에 올리려고요. 〈생도〉가 되려면 직접 시부야로 와야만 한다고 생각했어요."

"대견하네."

"아직 안 올라간 모양입니다. 너무 일찍 왔나 봅니다."

라고 말한 참에 마침 나타난 사쿠라.

건강해 보였다. 몸에 멍이 아직 어느 정도 남았는지는 모르지만 모두 제대로 옷으로 가려진 모양이었다.

별 모양 플리츠 셔츠에 약간 긴 스커트. 어른스러워 보여서 조금 놀란다. 내가 멋대로 하얀 옷이나 세일러복만 입는 애라고 착각하고 있었다. 사쿠라는 밤의 아름다움을 걸친 듯 보였다.

"야광 애드벌룬. 가까이서 보자. 같이."

사쿠라는 마치 구미카와만 눈에 보이는 모양이었다. 전혀 눈을 마주치지 않는다. 나는 그만큼 존재감이 없는 것일까?

"잠깐. 잠깐만, 키노시타 씨?"

참지 못하고, 구미카와에게 등을 돌린 형국으로 사쿠라에게 "갑자기 무슨 말을 마음대로 하는 거야?" 하고 속삭이며 말했다.

"그치만 귀엽잖아요. 저렇게 평범하게 안경 끼고 평범하게 머리를 귀 뒤로 넘긴 평범한 소녀, 좋아한단 말이에요. 전."

"키노시타 씨 취향을 내가 알 게 뭐야."

"그럼 이대로 저 아이를 여기에 방치할 셈이에요?"

나는 입을 꾹 다문다.

"뭐 어때요? 닳는 것도 아니고."

"그렇긴 한데."

사쿠라는 뒤를 돌아보며 구미카와에게 "잠깐만. 금방 끝나거든? 조금만 기다려줄래?"하고 말한다. 아무래도 사쿠라는 어린이를 다루는 법에 익숙한 모양이다.

"선생님, 허락 안 해주면, 저."

"……뭘."

"선생님이 중학생 여자아이를 시부야에서 헌팅 했다고 온갖 미디어에 글 올릴 거예요."

"나를 사회적으로 말살할 셈이야?"

게다가 온갖 미디어라니 도대체.

나는,

"알았다고."

하고, 깨끗이 포기했다.

"구미카와."

돌아보며 나는 기다리고 있는 구미카와에게 말을 걸었다.

"오늘 밤 있었던 일은 절대 아무에게도 이야기하면 안 된다, 약속 지킬 수 있어?"

구미카와는 제대로 상황이 파악이 안 된 모양이었으나, 고개를 끄덕였다.

"잘 됐다!"

사쿠라가 구미카와의 손을 잡는다.

"진짜 완전 귀엽다~. 구미카와, 맞니?"

"네. 성은 구미카와, 이름은 사나에라고 합니다."

"사나에구나?"

"네."

"그럼 사나에, 언니랑 같이 갈까? 야광 애드벌룬 바로 앞에서 볼 수 있는 데 알거든."

"괜찮습니까?"

"물론이지. 사나에, 그 대신에 있다가 오퍼스 계정 알려
줄래?"

헌팅은 네가 하고 앉았네.

"무른 땅에 말뚝 박기지요."

"고고고!"

나는 안중에도 없다. 사쿠라와 구미카와에게 있어 나는
이미 이 근방에서 보이는 빛 같은 존재였다. 사쿠라가 구
미카와의 손을 잡고 걸음을 뗀다. 나는 그런 두 사람의 수
호천사 같은 기분으로 뒤따라갔다.

사쿠라와 구미카와가 접이식 의자에 앉았다. 두 사람 눈
앞에서 나는 야광 애드벌룬 준비에 들어갔다. 내가 벌룬
선생님이라는 사실이 사쿠라를 통해 전해지자 구미카와는
내게 존경의 눈빛을 보내게 되었다. 조금 기분이 좋았다.

여덟 시를 맞이한다.

점화.

밤하늘 한구석이 둥근 형태로 불타오른다.

구미카와의 안경에 비친 야광 애드벌룬은 마치 밤의 태
양처럼 번쩍였다. 진지한 구미카와가 신나서 어쩔 줄 몰
라 한다. 사쿠라가 내놓은 의견에 따라 구미카와를 이 옥

상으로 끌어들이기를 잘한 걸지도 모른다는 생각을, 나는 하기 시작했다.

〉〉 오늘부터 나도 훌륭한 〈생도〉의 일원.

구미카와는 자기 〈SNS글〉이 무사히 벌룬의 야후 위로 반영된 모습을 보고 왠지 모르게 두근거리는 모양이다. 별똥별이라도 본 양.

〉〉 퇴원 축하해, 나.

말 안 해도 사쿠라가 올린 〈SNS글〉이다.

〉〉 몸, 안 아파?

장난삼아 나는 야후를 이용해 물어보았다.

〉〉괜찮아요.

사쿠라도 야후로 대답했다.

오늘밤 사쿠라는 역시 어른스러웠다. 비밀스러웠다. 검은 옷이 어울려서일까? ……모르겠으니까 더욱 매력적이었다.

"구미카와에게 묻고 싶은 게 있어."

나는 이야기를 꺼냈다.

알아차렸는지,

"마키세에 관한 일이라면 본인에게 물어봐주시겠습니까."

구미카와의 말투는 날카로웠다.

"요즘 너희 둘 무슨 일인지, 마키세가 아니라 구미카와에게 듣고 싶어서."

구미카와가 나를 조금 노려보듯 바라보았다. 사쿠라가 구미카와의 손을 쥔다. 문득 구미카와의 표정에서 독기가 빠진다.

"요즘 마키세에게 차갑게 구는 것 같은데."

"……."

"구미카와가 마키세를 피하고 있어. 그렇게 보였어."

"티가 납니까?"

"마키세를 평생 지켜주겠다고 하지 않았어?"

지금도 기억난다. 지우개 가루가 날아드는 마키세를 도우려고 구미카와가 달려온 그 순간을…… .

"……충격이었습니다."

구미카와가 자기 무릎 위를 바라보며 이야기를 꺼냈다.

"마키세가 전학 가는 거, 엄청, 충격이었습니다. 하지만 적어도 마키세가 이사 간다고 말해주기를 바랐습니다. 사에키 선생님 같은 인간에게서는 듣고 싶지 않았습니다.

마키세는 곧 헤어지게 되는데도 평소랑 다름없이 명랑한 모습으로 저를 대했습니다. 어떻게 그렇게 즐거운 모습을 보일 수 있는지. 저로서는 이해불가능이었습니다. 마키세는 잊고 있다고 생각합니다. 저와 함께 지낸 추억 같은 그런 것 전부 다 잊었구나, 그래서, 그런 식으로 '여태까지처럼' 웃을 수 있는 거구나."

"모르는 거야."

라고 말한 사람은 사쿠라였다.

"어쩌면 혹시 그 아이, 사나에랑 지금까지 쌓은 추억 같은 걸 잊을 수 없으니까, 사나에를 좋아하니까 열심히 무리해서라도 '여태까지처럼' 명랑하게 행동하려고 노력하는 걸지도."

구미카와는 눈을 감고 고개를 가로젓는다.

"있지, 구미카와."

하고, 나는 말했다.

"교과서에 실린 이시카와 다쿠보쿠의 단카, 기억하고 있어?"

"한 줌의, 모래."

"그래. 그거."

이시카와 다쿠보쿠의 '한 줌의 모래'라는 가집에 담긴 어느 시 한 수. 그 시의 의미에 대해서 내가 열변을 토한 수업을 구미카와는 결석했다. 하지만 그 수업은 구미카와가 의미를 곱씹었으면 하는 내용이었다.

　지금 다시 한번 그 시를 나는 외워서 읊었다.

　뺨에 흐르는

　눈물 닦지 않은 채

　한 줌의 모래 움켜쥐어 보이던 사람 잊지 못하네

　(頰につたふ

　なみだをごはず

　一握りの砂を示しし人を忘れず)

　직역하면,

　"뺨을 타고 흐르는 눈물도 닦지 아니하고, 한 줌의 모래를 내보인 그 사람의 기억을 나는 잊지 못한다."

　하지만, 이 정도로는 해석했다고 할 수 없다. 숨겨진 의미를 풀어내기 위한 열쇠는 아랫구절 맨 처음에 나오는 '모래'가 무엇을 뜻하는지였다.

　때마침 밤이니까,

　"'모래'가 아니라 '밤하늘에 빛나는 모래처럼 무수히 많은 별'을 이미지로 그려볼까?"

　하고 내가 제안했다.

"별?"

구미카와가 고개를 갸웃거린다.

"응."

나는 천천히 손을 들어 올려, 밤하늘을 아무렇게나 긁어 내듯 휘젓다가 단숨에 한 움큼 쥐는 시늉을 했다.

"나는 지금 별을 한 움큼 쥐었어."

"선생님. 별이, 별이 쏟아져 내리고 있어요."

구미카와가 상상력이 풍부한 아이라서 다행이었다.

"손가락 사이로 사락사락, 사락사락."

구미카와의 눈동자는 별이 안으로 들어가기라도 한 듯 반짝반짝했다.

"손가락 틈으로 쏟아지는 별. 이게 '시간'을 나타내고 있는 거란다. 시간이란 정해져있는 것이지 않니? 이렇게 이야기하고 있는 사이에도 시간은 흘러가고 있지? 사락사락, 사락사락."

"응. 응."

"이 시는 시간을 소중히 여깁시다, 라는 뜻이 담긴 시야. 눈물이 뺨을 타고 흐르는 일이 있어도 닦아낼 시간조차 아까울 만큼 지금 이 순간을 소중히 하자."

목소리가 나도 모르게 뜨거워진다.

"마키세도 속으로는 구미카와하고 헤어지고 싶지 않다고 생각하고 있지 않을까? 하지만 울지 않으려는 거야. 울지 않고 '여태까지처럼' 웃으면서 대하는 거지. 그 마음은 분명 구미카와하고 지낼 수 있는 얼마 남지 않은 시간이 소중하니까, 가 아닐까?"

콧물이 흘러도 닦을 새도 없이 구미카와만을 생각하고 달렸다. 그런 마키세가 어떤 사람인지는 구미카와 자신이 가장 잘 알고 있잖아?

"······응. 응."

구미카와의 눈동자가 촉촉하게 젖어 반짝임이 더욱 늘어났다. 반짝임이 볼을 타고 흐른다.

사쿠라가 부드럽게 구미카와의 등을 쓰다듬어주었다.

"지금 당장, 마키세한테 사과하고 싶어."

하고 말하고는 구미카와는 벌떡 일어서 스마트폰을 꺼내들었다. 눈물도 닦지 않고 마키세에게 전화를 건다.

"여보세요······, 마키세?"

구미카와는 마키세에게 차갑게 굴었던 일을 솔직히 사과했다. 마키세가 전학할 때까지 남은 시간을 소중히 여기고 싶다고 구미카와는 전했다.

"······어? 지금 시부야에 있어?"

구미카와의 말에 귀 기울여보니, 그런 모양이었다. 마키세는 지금 시부야에 있었다. 더욱 귀를 기울여보니 대각선 횡단보도 근처에서 어머니와 함께 있다고 했다.

머리에서 생각이 번뜩였다.

일단 구미카와에게 통화에 일시정지를 걸어두라고 했다. 생각해둔 계획은 구미카와에게, 그리고 사쿠라에게도 알려주었다.

스마트폰을 다시 귀에 가져다 댄 구미카와는

"마키세, 애드벌룬, 보여? 응. 그거. 잠깐만 보고 있어봐."

라고 말하고 전화를 끊었다. 그리고 그대로 어플리케이션을 탭해서 오퍼스를 열었다.

☪

마키세 아스카는 어머니와 함께 구미카와가 이야기한대로 시부야 밤하늘에 뜬 야광 애드벌룬을 바라보았다. 애드벌룬 아래로 늘어진 야후에는 여러 메시지가 표시되었다 바뀌었다를 반복하고 있었다.

"……앗."

마키세는 소름이 돋았다.

단 몇 초 동안만 보인 표시.

하지만 그 〈SNS글〉은 분명히 보였다.

〉〉 마키세. 떨어져 있어도, 우린 함께야!

☪

다시 한번, 마키세로부터 걸려온 전화를 받자, 구미카와는 참지 못하고 울음을 터트렸다. 울면서 말하고 있었다.

"마키세……, 전학 가면, 나 이제 곁에 없으니까! 무슨 말인지 알겠어? 이제! 너 자신! 스스로 지켜야 해! 할 수 있어? 마키세, 그렇게 할 수 있어? ……마키세는 금방 괴롭힘 당하니까, 나 너무 걱정 된단 말이야……."

구미카와는 그저 반항심 때문에 마키세를 피하고 괴롭히는 애들로부터 구해주지 않았던 게 아닌 모양이었다. 마키세에게 자기가 없더라도 혼자서 살아나갈 수 있도록, 스스로를 지킬 수 있도록 마키세가 해냈으면 하는 마음에서 그랬던 것 같았다.

나와 사쿠라는 조금 떨어진 곳에서 구미카와를 지켜보았다.

"키노시타 씨도 살기 힘들다고 느낀 적, 있어?"

"있어요."

사쿠라는 대답했다. 진심이라고 생각했다.

"선생님은 있나요?"

"응, 있어."

나도 솔직히 말했다.

"살기 힘들어 숨쉬기도 힘들 때가 있어. 하지만 그럴 때는 이 옥상으로 와. 여기서 심호흡을 하는 거야. 그러면 살기 힘든 세상 속이 말이지, 아주 조금 괜찮아졌구나 하고 생각하게 돼. 내게 있어서 이 옥상은 그런 특별한 장소거든."

"특별한…… 장소."

사쿠라의 목소리는 마치 귓가에서 속삭이는 듯 기분을 편안하게 만들었다.

"살기 힘들다고 느끼는 사람은 모두 그런 특별한 장소를 가지면 좋을 텐데. 어찌하면 좋을지 모를 때 어떻게든 해주는 그런 장소."

나는 스스로가 하는 말을 되새기며 정말 그런 게 아닐까 싶었다.

내게는 한밤중의 옥상이고, 마키세나 구미카와에게는 한밤중의 풀밭이고. 분명 누구든지 밤 어딘가에 그런 특별한 장소를 숨겨두고 있을 것이다.

"키노시타 씨는 그런 장소 있어?"

"있는 거 같아요."

"어디?"

"선생님이랑 이런 식으로 이야기하거나…… 하는 거?"

"장소가 아니잖아."

"그러네요."

웃었다. 솔직히 말해 기뻤다. 나도 모르게 이런 말을 중얼거렸다.

"키노시타 씨에게서 메시지가 오지 않게 되었을 때는 역시 되게 걱정되더라고."

"미안해요."

"그리고 좀 외로웠어."

"미안해요."

"키노시타 씨."

"네."

"물어보고 싶은 게 있는데."

"네."

"키노시타 씨, 집에 가는 도중에 사고를 당했잖아······ 그렇다고 한다면, 방과 후에 렌스케라는 친구에게는 마음을 전했던 걸까?"

"······기억이 없어서 정확히 말할 수는 없지만 아마 전했던 것 같아요. 저, 무조건 그럴 생각이었으니까."

"렌스케의 반응은······."

사쿠라는 고개를 젓는다. 역시 기억하지 못하는 모양이다.

"신경 안 쓰여?"

학교에 복귀하지 않은 사쿠라로서는 아직 그때 이후로 렌스케와 만나지 못하고 있었다.

"······신경이 안 쓰인다고 하면 거짓말이지만, 됐어요. 저, 고백하는 것 자체가 하고 싶었던 거니까."

아무래도 진심으로 들린다. 하지만 어쩐지 모르게 속 시원하게 털어놓지 못하는 말투. 그녀는 지금 무슨 고민을 품고 있는 것일까?

"······선생님."

"응."

"저, 기억만 잊어버린 게 아니었어요. 실은······."

사쿠라와 눈이 마주친다.

"좋아했던 사람을 향한 감정까지 기억이 안 나게 되었어요."

밤바람을 받는 차가운 **뺨**.

나는 사쿠라의 아름다운 목소리 너머로 끝없는 슬픔을 들은 기분이 들었다. 무엇 하나 말로는 대답하지 못할 것만 같았다.

"오늘은 활처럼 휜 초승달이 떴네요."

사쿠라가 화제를 바꾼다. 나는 밤 한쪽 구석에 남겨진다. 어느새 마키세와 전화를 끝낸 구미카와도 곁에 있었고.

"저, 실은 궁도부예요."

구미카와의 말에 사쿠라가 반응한다.

"대단해. 자세 한번 보여줘 봐."

"무른 땅에 말뚝 박기지요."

구미카와는 활을 쏘는 자세를 취하고는 밤하늘에 흔들리는 죄 없는 애드벌룬을 겨누고 보이지 않는 활을 쏘았다.

3장

호랑이가
없는
'산월기'

yozora wa
miageru
kimi ni
yasashiku

시부야, 하치코 앞 광장의 초록색 전차 기념물은 그냥 놔둔 게 아니라 내부가 관광안내소라서 좌석에 앉을 수 있었다. 나는 들어간 적도 앉아 본 적도 아직 없지만.

녹색 전차는 많은 사람에게 둘러싸여 있었다. 주변의 사람들 탓에 움직이지 못해서 정차하고 있는 것처럼 보일 정도였다.

전철을 둘러싸고 있는 이는 대부분 중고등학생으로 보이는 여자아이들. 스마트폰을 손에 들고 사진을 찍는다. 그러나 찍는 대상은 차체가 아니다.

차체 손잡이 부분에 묶여있는 끈 다발이 하늘로 퍼져 오르면서 하나하나 떨어져 나와 형형색색 풍선으로 된 거대한 꽃이 피어났다. 풍선은 2~30개. 하나하나 색이 다 다르다. 바람이 불 때마다 색채가 흔들린다.

푸른 하늘에 핀 꽃 아래 나는 사쿠라를 기다렸다.

메시지 같은 게 제대로 전달이 안 됐나? 하는 생각에 손에 든 스마트폰. 오퍼스 아이콘을 손끝으로 톡 누른다.

어머니의 날은 애드벌룬으로 감사의 마음을 전하자.

최근 오퍼스 아이콘을 탭 하면 화면이 빨갛게 변한 뒤 하얀색 글자로 이런 문장이 떠오른다.

오퍼스 마케팅팀은 이번 어머니의 날이야말로 야광 애드벌룬을 사용할 찬스라 생각하고 있었다. 야후를 이용해 평소 말로 전하지 못한 감사의 마음을 전한다. 단 몇 초 동안의 전구 불빛 메시지라고 하더라도 어머니의 기억 속에는 영원히 남는다.

어머니의 날은 다음 주 일요일이다. 당일은 특별히 오후 두시부터 애드벌룬을 올린다. 야후는 낮에도 잘 보인다고 한다. 애드벌룬 감시당번 스케줄은 오후 두시부터 여섯시까지가 미토준, 나머지 시간은 내가 담당한다.

"어머니의 날, 생각만 해도 피곤하네요."

어젯밤, 미토준은 일본식 선술집에서 싸구려 하이볼을 홀짝홀짝 마시면서 그런 말을 했다.

애드벌룬을 정기점검 해야 한다나 뭐라나. 때문에 미토준과 나는 갑자기 어제 쉬는 날이 되었다. 그래서 시부야에서 한잔하기로 한 것이다.

"부모님을 뵐 면목도 없는데 평소 못 했던 감사의 마음을 전하라니."

미토준은 오퍼스 어플리케이션이 시동할 때 등장하는

그 연출에 대고 투덜거렸다.

"뵐 면목 없어?" 내가 묻자,

"없죠." 미토준은 당연하다는 양 말했다. "못 나가는 게 닌 아님까? 뭐, 엄마도 저를 볼 면목이 없지 않으려나. 엄마가 제 꿈을 응원해 준 적은 단 한 번도 없거든요. 관둬라. 그만해라. 다른 말은 안 해요."

미토준은 반 잔 만에 취했다.

"부모가 돼서 자식을 도와준다거나 최소한 응원한다거나 하는 게 전혀 없다고요."

점점 감정적으로 변한다.

"그래서 평소 감사한 마음 전하기 그딴 거 안함."

미토준은 평소 감사한 마음을 '표현 못 한다'에서 '표현 안 한다'로 말을 바꿨다.

"술은 즐겁게 마시자고." 나는 말했다.

미토준은 순간 정신을 차렸다. 사과 대신 "아는 여자애라도 부를까요?" 같은 말을 한다. 고향에다 여자친구를 두고 올라온 주제에 못 하는 말이 없네. 나는 어이가 없었다.

아마 이런 '테크트리'로 생각했겠지. 여자애를 소환한다 → 내 기분이 풀린다 → 빚을 갚는다.

그렇게 돌아가게 둘 순 없지. (아니, 애초에 나는 그런 남자가 아니다.)

"됐어."

확실히 거절했다.

그러자,

"맞다. 선배 여친 있었죠?"라는 미토준. 내가 고개를 갸웃하자 "아니 전에 극장에 데려오셨잖아요."하고 말한다.

사쿠라를 말하는 모양이다.

"그 애랑은 그런 사이가 아니거든?"

"흐음."

더 이상 파고들면 귀찮을 것 같으니 화제를 되돌린다.

"미토준, 어머니는 잘 지내셔?"

"잘 지내고말고요. 매일 같이 말도 안 되게 문자 보낸다고요."

"다행이네."

"어? 설마 선배 어머님 혹시……?"

절묘한 타이밍으로 다음 단어를 표현해보려고 하는 미토준. 나는 웃으며 대꾸했다.

"살아있어. 살아있어."

"다행이다아."

하지만 나는 어머니에 대해 한 마디 덧붙였다.

"지금은 여행 중이셔."

어머니의 날을 위한 시작화면 연출이 끝나고 오퍼스 어플이 켜졌다.

사쿠라로부터 [거의 다 왔어요]라는 메시지가 왔다. 나는 "천천히 와도 돼."라고 답장했다.

초록색 전철 바로 위에 풍선 무리가 느긋하게 둥실 떠 있었다.

풍선을 배경으로 셀카를 찍는 젊은이들도 많았다. 보고 있는 내가 다 부끄러워지는 표정을 짓는다. "우." 하고 입술을 모으는 사람. "와." 하고 놀란 척하는 사람. 초록색 전철 주변은 온갖 표정으로 넘쳐흐른다.

오늘은 사쿠라가 어머니의 날 선물을 사려고 쇼핑하는 데에 따라가기로 했다.

어젯밤 미토준과 한잔하고 난 뒤 헤어져서 전철 막차를 타고 있었을 때, 사쿠라에게서 [내일 시간 괜찮으세요?] 하고 메시지가 날아왔다.

"괜찮아요."

답장을 보냈다.

[비 그치면 좋겠어요 (ㅜㅜ)]

사쿠라가 화제를 바꿔왔다. 문득 전철 창을 통해 밖을 보니 정말로 비가 내리기 시작했다.

[늦어도 내일 아침에는 그쳤으면 좋겠어요. (ㅠㅠ)]

그 뒤로 어떠한 흐름으로 그런 식의 이야기가 진행되었는지는 기억하고 있지 않지만 화제는 내 국어수업으로 옮겨와, 나카지마 아쓰시의 '산월기*' 이야기로 돌입했다.

[호랑이가 되는 이야기였던가?]

"아니, 고양이가 돼."

[그렇게 좋은 이야기였어요?]

"미안, 그건 '냥월기'였다."

[와~! '냥월기'읽어보고 싶어! 선생님이 쓴 거예요?]

"우리 어머니가."

어릴 때 어머니가 '산월기'라고 들려주신 이야기는 호랑이가 아니라 고양이가 나오는 스토리였다. 중학생이 되고 나서 처음으로 진짜 '산월기'를 알게 되었을 때는 어머니가 거짓말쟁이라고 생각했다. 따지고 드니 어머니가 '미안 미안, 내가 들려준 이야기는 '냥월기'였나보네." 같은 말로 얼버무리려고 했던 일을 기억한다.

---

*나카지마 아쓰시의 단편소설. 한 남자가 가족을 위해 말단 관리 일을 하다 산으로 도망친 뒤 식인호랑이로 변하고, 우연히 마주친 옛 친구에게 자신의 기구한 운명을 이야기하는 내용이다.

어째서 거짓말로 이야기를 꾸며서 내게 들려주었는지는 지금도 이해가 안 간다. 물어보려고 해도 어머니는 현재 여행 중이다.

사쿠라와 만나는 것은 활처럼 흰 초승달이 뜬 밤 이후로 오랜만이었다.

그날 밤 일은 지금도 선명히 기억하고 있다.

구미카와는 야후에 마음을 담아 마키세와 화해하게 되었다. 그리고 그 뒤로 구미카와는 마키세 모녀와 합류해 먼저 돌아갔다.

따라서 옥상에는 나와 사쿠라 둘만 남게 되었다.

구미카와가 떠나고 나니 사쿠라의 존재를 더욱 강하게 느끼게 되었다. 나는 사쿠라와 마주 대할 자신이 없었다. 조금 거리를 두고 남은 시간을 보냈다. 그동안 사쿠라는 옥상에서 쭈그리고 앉아 멍하니 밤하늘을 올려다보았다.

기구의 빛이 꺼지자 바로 아무것도 보이지 않았다. 그만큼 캄캄해서 자기가 어디에 있는지도 모를 정도였다.

나는 사쿠라의 말을 곱씹었다.

―저, 기억만 잊어버린 게 아니었어요. 실은…… 좋아했던 사람을 향한 감정까지 기억이 안 나게 되었어요.

서서히 암흑에 눈이 익숙해져간다. 사쿠라는 울타리에

등을 댔다. 그대로 두기 어려웠다. 그녀 곁으로 갔다.

"이대로 괜찮을까?"

사쿠라의 혼잣말이 거리의 소음과 겹친다.

"'렌스케를 좋아했던 나'한테 괜히 미안하네. ……지금의 나는 렌스케를 전혀 좋아하지 않으니까. 생각해 봐도 가슴 아프거나 하지 않아."

사고 당일 기억과 함께 렌스케를 향한 '좋아한다'라는 감정까지 잊어버리고 만 사쿠라. 연심의 괴로움이 사라졌다고 해서 기뻐 보이지는 않았다. 오히려 갑자기 괴로움이 사라져버린 탓에 당황스러워 보였다. 밤거리 네온 빛을 반사하는 사쿠라의 얼굴이 불그스름하게, 어느새 푸르스름하게 다시 보랏빛으로 물든다. 왠지 모르게 이 세계에 적응하지 못하는 미지의 소녀처럼 느껴졌다. 사쿠라에 대해 내가 아는 건 아무것도 없는 게 아닐까하는 불안감이 고개를 든다.

사쿠라가 어떤 사람이었나를 떠올려보았다.

밤이 무섭다고 했다. 그래서 목소리가 안 나오게 되었다. 풍선을 좋아한다. 스피츠의 '차가운 뺨'을 자주 듣는다. 어른이 되고 싶다고 생각한다. 달을 보고 예쁘다고 솔직하게 이야기할 수 있는 사람이다.

나는 사쿠라에 대해 어느 정도는 알고 있다고 생각했다. 하지만 어째서 이런 생각이 드는 걸까? 알면 알수록 더욱 알지 못하는 게 아닌가 하는 기분이 들었다. 마치 붙잡은 줄 알았더니 어느새 빠져나가 하늘로 날아가 버리고 마는, 말 그대로 풍선 같은 여자아이. 하지만 그런 안타까운 답답함이 사쿠라의 매력처럼 느껴지는 나를 발견하고 당황한다.

"더 이상 옛날로 돌아가고 싶지 않아."

사쿠라는 그런 식으로 말하고는 천천히 본심을 풀어놓기 시작했다.

"저, 지금 충분히 행복해요. 엄마랑 사이도 좋고, 가끔씩 선생님하고도 이렇게 만나서 이야기도 하고. 엄청 즐거워요. 렌스케를 좋아하던 시절의 저로는 절대로 돌아가고 싶지 않아요. 기껏 렌스케를 좋아하는 감정을 잊을 수 있게 되었으니까…… 더 이상 그런 감정 따위 기억하고 싶지 않아. 지금처럼 별로 마음이 움직이지 않을 것 같아. 나는…… 지금 행복이 더 중요하니까."

나는 조금 뒷걸음질 쳤다.

고민, 괴로움, 당황하고 있는 사쿠라는 눈을 돌리고 싶을 정도로 아름다웠다. 땀에 젖은 피부는 거리의 네온을

녹여 차갑게 빛나고, 머리칼은 사랑스러운 사람이 쓰다듬
어주는 양 부드럽게 퍼진다. 얇은 입술은 핏기가 없는데
도 만지면 부드러울 것만 같다. 눈동자는 젖어 들어 밤의
샘물처럼 색을 비춘다.

"내가 도와줄 수 있는 것은 무엇이든 도와줄 테니까, 뭐
든 이야기해줘."

허우대만 멀쩡해 보이는 의지할 구석 없는 대사를 뱉는
나. 사쿠라의 '한밤스러운' 아름다움을 앞에 둔 나는 완전
히 무력했다. 그런데,

"그럼 바로 부탁드릴까요?"

하고 사쿠라가 말했다.

"······응."

"다음에 시간 되면 쇼핑하는 데 같이 가주세요."

사쿠라는 고민하고, 괴로워하고, 당혹스러워하면서도
동시에 밝은 미래를 위해 생각하고 행동할 줄 아는 여자
아이였다. 축 처져 있을 때엔 방에 전기를 켜지 않고 지내
도 아무래도 좋은 나는 그런 사쿠라가 눈부셨다.

"쌤!" 하는 목소리가 푸른 하늘을 보던 시선을 아래로
잡아끈다.

사쿠라.

숨이 찬 모습과 쇄골이 젖어있는 것으로 보아 늦지 않으려고 뛰어온 게 분명했다. 나는 걱정돼서 "괜찮아?" 하고 물었다.

"네…… 괜찮아요."

사쿠라는 아직 푸른 하늘에 둥실 뜬 풍선 무리를 눈치채지 못했다.

"날씨가 좋아서 다행이네."

알아차리기를 바라고 내가 말했다.

"그러네요."

사쿠라는 하늘을 보았다. 드디어 알아차렸다.

눈앞에 미소가 꽃피었다.

밤의 옥상에서 목격했던 '한밤스럽게' 아름다운 사쿠라가 아니다. 그 사실에 나는 안도했다. 지금 내가 눈앞에 마주한 사람은 형형색색의 풍선 무리를 보고 가슴이 두근거리는 평범한 여자아이였다.

티셔츠에 스키니 진 청바지, 스니커라는 움직이기 쉬운 외출복 차림인 사쿠라는 실제로 오늘따라 걸음이 빠르다. 쉽게 부러질 것만 같은 가는 다리로 성큼성큼 걷는다. 나는 뒤처지지 않고 따라갔다.

가고 싶은 가게는 정해져 있는 모양인지 스윽 하고 들어가서 파파팟 보고 나오고, 다시 다음 가게로 스윽 하고 들어간다.

나는 보호자가 된 기분이었다.

가끔은 이건 어때 보여요? 하고 질문을 받기도 했다. 그럴 때마다 의견을 내기는 했지만, 도중에 어물어물 대답하고 만다.

쇼코 씨의 얼굴이 떠올라서.

나는 사쿠라가 어머니의 날을 위해 사는 선물을 두고 왈가왈부할 자격 따위 없는 사람이다. 나는 쇼코 씨의 절실한 부탁을 거절했으니까.

"선생님, 왜 그래요?"

"아, 아무것도 아냐."

사쿠라는 나를 채근하는 일 없이 "어때요, 이거?"하고 말했다. 손에 들고 보여준 물건은 보디소프. 평범한 비누가 아닌 모양이다. 자연주의에 과일 향이 난다나? 사쿠라는 점원이 추천하는 대로 가게 구석에 있는 세련된 세면기에서 샘플용 비누를 실제로 써봤다. 물을 먹으니 비누는 바로 거품이 일었고 사쿠라의 손을 안 보이게 감쌌다.

나도 같이 시험해 보았다. 파인애플 향이 코를 간지럽힌다.

어느새 커다란 거품 속에 우리 두 사람의 손이 들어있었다. 사쿠라는 거품 속에서 일부러 내 손을 쿡 찌르거나 했다. 왠지 모르게 집 안에 있는 기분이 들었다.

"우리 엄마, 파인애플 좋아하세요."

"마침 잘됐네."

점원에게 받은 수건으로 손과 팔을 닦는다. 그때 사쿠라의 시선이 내 오른팔을 향하고 있다는 사실을 깨달았다. 내 오른팔에는 눈에 띄는 흉터가 있다. 나는 접어 올린 소매를 다시 내리고 흉터를 가렸다.

어릴 때 입은 흉터인데 아직도 사라지지 않는다. 건드리면 지금도 상처를 입혔던 짐승 냄새가 떠오른다. 그리고 어머니의 당황한 얼굴. 과일 냄새로 지워질 만한 기억이 아니다.

사쿠라가 산 어머니의 날 선물은 파인애플 향 보디소프로 정해졌다.

계산을 마치고 사쿠라와 함께 밖으로 나왔다.

차라도 한잔할까 하고 말하려고 사쿠라 쪽을 향했다.

그런데 사쿠라는 통증을 참는 것처럼 아랫입술을 살짝 깨물고 경계심을 드러내며 시선 앞에 있는 남자아이를 노려보았다.

"……사쿠라?"

그는 긴장한 듯 말했다. 사쿠라가 내 손을 잡는다.

"선생님, 가요."

사쿠라의 손은 뜨겁고 축축했는데도 목소리는 깨진 얼음처럼 차갑고 날카로웠다.

사쿠라가 뛰어서 나도 따라 뛰었다.

키노시타 씨.

불러도 놓아주지 않는다. 그 남자아이와는 벌써 꽤나 떨어진 곳인데도.

그사이 내 쪽에서 참지 못하고 손을 풀어버리고 말았다.

익숙한 장소로 와 있었다. 야광 애드벌룬을 언제나 띄워 올리는 빌딩 바로 옆 골목. 자동판매기에 들어있는 상품을 보고 그 사실을 깨달았다.

"방금, 누구?"

사쿠라는 대답하지 않는다. 이대로는 어찌할 방도가 없어서 내가 대신 대답한다.

"렌스케?"

"응."

도망친 이유도 내게는 왠지 모르게 알 것 같은 기분이 들었다.

"떠올리기가 무서워서."

"렌스케를 향한 연애감정……?"

사쿠라가 고개를 끄덕인다.

"이제 그때의 나 자신으로는 돌아가지 않겠다고 마음 먹었으니까."

사쿠라는 학교에 돌아간 일에 대해 이야기했다. 학교에서도 렌스케와 마주치지 않으려고 긴장하고 있었다는 사실을 고백했다.

"철저히 신경 쓰고 있었구나."

"응."

"목마르지?"

화제를 바꾸고 싶었다.

"마르네요."

뭐랄까, 사쿠라의 기분을 밝게 해주고 싶었다. 도와주고 싶었다. 자판기에 동전을 넣는다. 주스가 떨어진다. 고개를 숙인 채 내가 말했다.

"저기, 이런 곳에 있다간 말이지."

"응."

"또 발견될걸?"

"응?"

페트병 주스를 두 개 품에 든 나. 기분은 여전히 달리고 있었다.

"숨을까?"

그렇게 우리는 낮의 옥상으로 올라갔지만 우리를 맞이해준 건 반짝이는 물웅덩이였다.

배수구에 문제가 있는 것인지 배수기능 자체에 문제가 생긴 것인지 어젯밤부터 오늘 아침까지 내렸던 빗물이 채 빠져나가지 못하고 옥상 전체를 천연 풀장으로 바꾸어놓았다. 발목까지 잠길 정도로, 그리 깊지는 않지만 투명하고 깨끗한 물이 옥상을 가득 채우고 있었다. 수면에 녹아든 하늘의 파랑. 바람이 분다. 물결이 일고 햇살을 반사해 하얗게 빛난다.

너무 아름다워서 나는 우뚝 서버리고 말았다.

사쿠라는 아무런 망설임 없이 맨발로 풀에 들어간다. 청바지 자락이 젖는데도 상관 않고 신이 난 사쿠라의 모습은 어린아이 같아서 아주 즐거워 보였다. 수면을 차고 빙글빙글 돌았다.

"쌤도 얼른!"

"아니, 난 됐어."

나는 어린아이가 되지는 못한다. 어른이라는 사실을 잊고 신나게 놀거나 장난을 치거나 하는 짓을 못하는 타입의 인간이다.

"어때? 재밌어?"

질문을 던져서 도망치려고 생각했는데 사쿠라는 봐주지 않았다.

"쌤, 빨리!"

사쿠라가 내 손을 잡아끈다. 물에 젖은 손, 빛나는 미소.

"저기, 미안. 나, 이런 분위기 잘 못 타고 별로 좋아하지도 않아서. 음, 키노시타 씨 재밌게 놀면 나는 됐어. 저기, 나는 벌써, 그게 스물일곱이나 먹었기도 하고……. 그게."

"뭘 이러쿵저러쿵 말이 많아요!"

사쿠라의 손이 내 손을 잡아당겼다. 으아, 같은 꼴사나운 비명을 지른 나. 두 발이 모두 물속으로. 생각보다 샌들이 미끄럽다. 중심을 못 잡고 앞으로 넘어지는 나. 사쿠라가 꺄아, 하고 가볍게 엉덩방아를 찧는다. 우리는 그렇게 각자 알아서 자신의 몸을 챙겨야 했다. 다만 내가 사쿠라를 덮치는 꼴이 되어버렸기에 미안, 이라는 말이 우선 입 밖으로 나왔다.

사쿠라는 참지 못하고 폭소를 터트렸다.

웃어도 되는 건가, 하고 생각했더니 나도 쐐기를 빼기라도 한 양 웃음이 터졌다.

몸 깊은 곳 한가운데가 소년 시절처럼 뜨겁게 달아오른다. 물이 차가워서 기분이 좋다. 이대로 시간이 멈춰버리면 좋을 텐데 하고 생각했다.

그때 정말 시간이 멈추었다. 멈춘 느낌이 들었다. 나와 사쿠라는 웃음을 멈추고 똑같은 것을 눈으로 좇았다. 색채가 풍부한 풍선의 집합체가 머리 위를 지나간다. 마법에 걸려서 거대해진 과일처럼 보일 정도다. 푸른 하늘에 잘 어울리고 눈에 띈다. 수면에도 선명하게 비친다. 풍선 집합체는 바람에 실려 선회한다.

무슨 색인지 모를 그런 색의 풍선이 더 많았다.

사람의 마음 같구나, 같은 생각을 했다. 슬픔이나 행복 같은 그런 감정만 있는 게 아니니까. 말로 표현하지 못하는 감정이 실은 훨씬 많다.

내가 사쿠라와 함께 있을 때 그녀에게 품는 감정이 바로 그렇다. 연정도 아니다. 우정도 아니다. 하지만 그냥 내버려둘 수 없다.

이 감정을 억지로 기존의 감정에 끼워 맞춰서 생각하는 짓도 하고 싶지 않았다. 자신의 감정을 흐르는 물에 몸을 맡기듯 솔직하게 대하고 싶다.

노란색 레몬주스를 마시는 사쿠라.

눈이 마주친다.

"맛있어요."

지금은 풍선이 어땠는지 이야기할 타이밍 아니야?

새삼 곱씹으니 웃음이 나온다.

내 아세롤라 주스는 투명한 물속에 잠겨있다. 빨간색이 아름답게 떨리고 있다. 나는 한동안 그 모습을 바라보았다.

☽

"요코모리 씨, 이러시면 곤란하다니까요?"

나는 복도 구석에 처박혀있다. 사에키 선생이 팔짱을 낀다. 풀을 먹인 스트라이프 셔츠가 딱딱한 소리를 내며 형태를 무너뜨린다.

"죄송합니다."

평소 버릇대로 반사적으로 사과하고 말았다. 그게 오히려 짜증스러웠는지 사에키 선생이 도끼눈을 뜨고 화를 냈다.

"아뇨, 됐습니다. 딱히 요코모리 씨가 그런 식으로 가르치시는 거면 할 말 없죠. 국어는 제 전공도 아니고. 하지만 어제 삼자대면을 했는데 말입니다. 학생 중 한 명이, 뭐였죠? 그 '산월기'가 아니라 '냥월기'인가 하는 요코모리 씨가 이야기해준 꾸며낸 이야기를 떠올리고 웃음을 터트렸다 이겁니다. 뭡니까? 그 '냥월기'인가 하는 게."

나는 눈치 없게 스토리를 설명하려 들어서 불난 데 부채질.

"곤란합니다, 그런 짓 하시면 말입니다. 학생 어머님이 언짢은 티를 막 냈다고요. 학생이 '산월기'랑 그 뭐냐…… '냥월기'를 혼동하면 어쩔 생각입니까? 책임지실 겁니까?"

사에키 선생은 조금 말을 흐렸다. 나는 직감적으로 그다음에 무슨 종류의 말을 꺼낼지 알아차렸다. 실제로 내 예상대로였다.

"당신 말이야, 어차피 1년 있으면 딴 학교로 갈지도 모르는데. 그런 붕 뜬 입장이라고 무책임하게 도 넘는 수업을 하는 거 아니야?"

"말씀이 지나치시네요."

나는 처음으로 반론하는 것인지도 모른다. 이 사람에게.

"저는 분명 교과서에 들어있지 않은 꾸민 이야기를 학생들 앞에 서서 들려주었습니다. 하지만 이건 수업을 재미있게 느끼기를 바라는 마음에서입니다. 오해를 살 만한 교육방법을 취하지도 않았습니다. 기간제 교사라고 해서 무책임한 수업을 한 적은 한 번도 없습니다."

대꾸하겠지, 하고 각오하고 있었다. 그런데 팔짱 낀 팔을 사에키 선생은 기운 없이 풀었다.

"……그렇습니까."

평소답지 않다. 사에키 선생은 이미 전의를 상실했다. 어쩐지 엄청 쳐져 있는 것처럼 보였다. 풀 먹인 셔츠에 주름이 남는다.

"괜히 불러 세워서 죄송합니다."

나는 본 적 없는 기운 빠진 사에키 선생을 눈앞에 두니 당혹스러웠다.

사에키 선생이 자리를 떠나자 바로 학생주임 선생님이 나를 발견하고는 "오늘 회식 있는데, 올 거지?" 하고 또다시 확인하려 들었다.

회식 장소는 시부야였다. 빌딩 사층에 들어갔다. 퓨전 일본식 선술집. 다다미방에 테이블은 가늘고 긴 형태다. 내 맞은편에 사에키 선생이 앉았다.

회식이 시작하자마자,

"결과 발표하겠습니다~아!" 라는 목소리가 귀에 들렸다.

2학년 학생 전원이 참가한 학생회 설문조사가 있었다. 그 항목 가운데 하나가 "좋아하는 선생님의 이름을 한 명 적어주세요."였다. 간단히 말해 학생에 의한 '선생님 오디션 프로그램'이다. 이번에 학생회에서 낸 결과를 빌려온 모양이다.

투표결과가 하위인 사람에 관해서는 일부러 발표하지 않았다. 이름이 불리는 사람은 3위 이상에 들어온 선생님. 3위는 이과 남자 선생님이었다. 2위는 여자 보건 선생님. 두 사람에게는 상품으로 상품권이 증정되었다.

1위는 나였다.

2위와 큰 차이로 이겼던 모양이다. 나는 즐겁게 결과를 받아들이지 못한 채 그 자리에 멀뚱히 선 채로 "지금 어떤 기분이십니까?" 같은 장난스러운 질문을 받으며 과녁이 되어야 했다. 기분 좋습니다, 하고 입에 올렸더니 와아 하고 분위기가 끓어올랐다. 나는 조용히 방석 위에 앉는다. 상품권이 전달된다.

"요코모리 선생님 대단하구마~안?"

학생주임 선생님이 어깨에 팔을 둘렀다. 취했는지 얼굴이 빨갛다.

"학생들한테 인기도 있고. 교육 방식이 좋아서 그런가?"

나는 겸손히 굴었다. 그러자,

"얼마 전에도 말이지, 보호자 모임이 있었는데 말이야. 엉?"

학생주임은 동조를 구하는 양 주변에게 이야기했다. 몇 명이 무슨 이야기인지 알고 있다는 듯 고개를 끄덕인다.

"보호자들이 하나 같이 입을 모아 그런다니까? 우리 애가 요코모리 선생님 수업이 재미있고 알기 쉬워서 좋다고 그러더라고요, 하고 말이야."

눈앞에 마주한 사에키 선생의 모습이 신경 쓰였다. 묵묵히 청대콩을 입에 던져 넣고 있지만 실은 귀를 기울이고 있다.

"교직원 채용시험 공부도 하고 계신다면서? 고생 많구만."

"네." 하고 나는 고개를 끄덕였다.

"사에키 선생."

갑자기 학생주임의 과녁이 바뀌었다.

"아, 네."

예상 밖의 공격이었는지 사에키 선생은 경직된다.

"자네도 열심히 하게. 학생들하고 친해지게끔. 보호자 모임에서도 입에 올랐어. 사에키 선생한테는 편하게 말을 못 걸겠다는 문제."

"……죄송합니다."

사에키 선생은 아무렇지도 않게 청대콩을 손에 들었지만 이미 다 먹고 껍데기만 남아있었다. 속으로는 상당히 동요하고 있는 눈치였다. 보기 안 좋아서 나는 창문 밖으로 시선을 돌렸다.

야광 애드벌룬이 우아하게 밤하늘을 춤추고 있었다. 지금쯤 저 옥상에는 미토준이 멍하니 밤하늘을 올려다보고 있을 것이다.

실내로 시선을 돌리자 사에키 선생이 보이지 않았다.

나는 화장실로 향했다. 하지만 화장실에도 사에키 선생은 없었다. 벌써 돌아가지는 않았을 텐데. 짐도 그대로 있다.

가게를 나선다.

미지근한 밤바람이 불었다. 뿌리치듯 외부 계단을 내려간다. 그러자 4층과 3층 사이 복도에 인기척이 느껴져,

"사에키 선생님." 마음먹고 말을 걸었다.

사에키 선생은 내게 작게 고개를 끄덕이더니 다시 앞을 향했다. 그 시선 끝에는 야광 애드벌룬이.

말을 건 것까지는 좋았다. 문제는 무슨 말을 해야 할지 모르겠다는 것이다. 입을 다물고 있자니 두 사람 모두 야후를 바라보는 꼴이 되었다.

>> 달떴나 싶더니, 애드벌룬 아이가.

>> '천공의 성 라퓨타' 녹화 제대로 됐나?

>> 어머니의 날 언제더라?

>> 누구 저랑 노래방 같이 안 가실래요? 남자입니다.

>> 이 지평선 말이지?

>> 벌써 밤이다.

>> 바람 맞았어. 완전 개짜증

>> 바루스!

>> 어머니의 날, 일요일인가? 아직 선물 안 샀는데.

>> 온천 가고 싶다.

>> 35억.

>> 어머니의 날 / 마음이 중요한 날 / 무엇보다도

"사에키 선생님은 어머니의 날 선물 어떤 걸 사셨습니까?"

〈생도〉들에게 도움을 받기라도 한 기분으로 나는 그렇게 말했다. 그러자 사에키 선생님은 부끄러운 듯 대답했다.

　"어깨 마사지기를. 어머니가 어깨 결림이 심하셔서."

　내게 어머니가 있듯이 사에키 선생에게도 어머니가 있고 그는 어머니를 소중하게 생각하고 있다. 나는 처음으로 사에키 선생을 가깝게 느꼈다. 만나는 장소가 달랐더라면 우리는 평범하게 친구로 지냈을지도 모른다. 그런 생각이 들었다.

　"고민 있으시면 편하게 말씀해주세요."

　말을 꺼낸 김에 내가 한 걸음 더 나아갔다.

　"고민이요……."

　사에키 선생의 애매한 대답. 상냥함에 익숙하지 않은 사람의 반응이다.

　어째서 지금까지 알아차리지 못한 것일까? 사에키 선생은 나처럼 고독을 느끼며 사는 사람이지 않은가?

　"학생들이 무서워서요." 사에키 선생은 안경을 벗고,

　"교단에 설 때마다…… 다리가 떨려서." 약한 목소리로 이야기를 시작한다.

　"어떻게 대해야 좋을지 모르겠어요. 칠판을 마주할 때

는 괜찮은데 학생들을 마주 대해야 할 때는, ……갑자기 자신감이 사라져요. 자기가 하는 말에 자신이 없어지고. 학생들이 생각하는 걸 상상하기만 해도 무섭고 불안해서……. 전 아마 성격적으로 선생님이 안 맞는 것 같아요."

학교에서 항상 보던 사에키 선생의 단정하고 냉소적인 얼굴은 더 이상 그곳에 없었다.

"요코모리 씨가 부럽네요."

하고 사에키 선생이 말하는 것이었다.

"학생을 진심으로 믿으시고 거기에 더해 수업도 재미있게 하려고 노력도 하시고. 학생들도 그래서 요코모리 씨를 신뢰하고 있고."

복도에서 따지고 들었던 문제에 대해서도 이야기를 꺼냈다.

"그쪽 수업을 두고 '도를 넘었다'고 비판하기는 했지만, 솔직히 그것도 부러워요. 저한테는 불가능하니까. 저는 수업도 학생을 대하는 방법도 상정한 범위 내. 학생을 위해서 거기까지 나아가는 요코모리 씨가 제 눈에는 빛나고 멋있어 보이네요."

난간에 놓은 안경 렌즈에 애드벌룬의 빛이 타오른다. 안경을 고쳐 쓰자 이야기를 정리하려고 사에키 선생은 이런 말을 했다.

"저는 요코모리 씨랑 달리 학생들하고 거리가 있으니까요."

설령 그렇다고 하더라도 그것을 부정적으로 받아들이지 않았으면 했다.

"지금 이대로 충분하다고 생각합니다. 분명히."

나는 내가 느끼는 감정을 꺼내놓았다.

"학생들과의 거리는 사람마다 다 다른 법이잖습니까? …어쩌면 지금 거리가 사에키 선생님과 학생들 사이에 가장 적절한 거리일지도 모르잖아요? 사에키 선생님은 그 거리 안에서 자기가 하고 싶은 일을 스스로에게 가장 편한 형태로 하면 되는 것 아니겠습니까?"

말을 마치고 나서야 또 나대고 말았다고 반성한다. 그런 내게 사에키 선생은,

"감사합니다."

하고 감사의 인사를 한다.

"요코모리 선생님."

처음으로 사에키 선생이 '요코모리 선생님'이라고 나를 불렀다. 취기가 가신다. 나는 너무나 기쁜 마음을 꾹 참고

한 잔 더 하시죠? 하고 그에게 권했다.

　사에키 선생과 나눈 대화로 겨우 스스로에 대해 알아차
릴 수 있었다.

　교직원 채용시험에서 내가 저지른 실수를.

　면접을 받을 때 나는 '이런 모습을 보여야 한다.'라고 과
하게 의식한다. 그런 탓에 '잘 안 풀리고 있는 나' 모드가
되어버린다. 내 장점을 스스로 죽이고 있는 것이다.

　내게 교과서는 '도약하기'를 위한 발판일 뿐이었다.

　소세키의 로맨틱한 번역 일화든 나카지마 아쓰시의 '산
월기' 패러디인 '냥월기'든, 교과서에서 '도약'하여 도달한
지점이기에 학생의 관심을 끌 수 있었다고 생각한다. 학
생들은 언제나 '도약'하고 싶어 하는구나. 그래서 나도 함
께 뛰어 넘어주자. 도를 넘어주겠어.

　올해 면접시험은 더 이상 주저하지 않겠어. 있는 그대로
의 나를 보여주자. 평소 모습 그대로의 '요코모리 선생님'
으로 도전하는 거야.

　그날 밤중에 나는 오랜만에 시험공부를 손에 잡았다.

　필기시험의 기출문제집은 두껍다. 표지에 살짝 먼지가
앉은 것을 털어내고 페이지를 넘겼다. 거의 손대지 않아

책 안에 여백이 가득했다. 마음이 압박되었다. 그래도 나는 책을 덮지 않았다.

정규직 선생님이 되겠다는 꿈을 가장 응원해준 사람은 어머니였다. 나는 어머니를 안심시키기 위해 공립학교 교직원을 목표로 삼았던 것을 떠올렸다.

[선생님도 힘내세요.]

문득 사쿠라가 언젠가 보냈던 야광풍선의 메시지가 머릿속을 스쳐지나갔다.

그래.

열심히 해야지.

나는 여태까지의 문맥을 무시하고 사쿠라에게 "힘낼게."하고 메시지를 보냈다. 심야 라디오 방송을 들으며 내 호흡대로 공부를 계속했다.

"선생님, 눈 밑에 다크서클이."

너무 열심히 공부한 탓에 어제는 너무 늦게 자버렸다. 스스로는 알아차리지 못했지만 분명 구미카와가 말한 대로일 것이다.

"밤샘은 건강에 나쁩니다."

"앞으로 조심할 것을 맹세합니다."

나는 선서한다. 칠판지우개를 집자 구미카와가 **뺏는다**.

"저한테 맡겨주세요."

마키세가 떠난 뒤로 구미카와는 자주 내게 말을 걸게 됐다. 이렇게 칠판을 지워준다거나 한다. 처음에는 소울 메이트가 떠나 적적해서인가 싶었는데 구미카와가 나를 위해 그렇게 해주고 있다는 사실을 깨달았다, 아마도. 마키세의 빈자리가 적적한 사람은 나도 마찬가지였다. 수업 중 나도 모르게 마키세의 미소를 찾는 내가 있었다.

교무실에 남아 새로운 시험문제 준비를 시작했다. 시험의 방향성부터 다시 생각한다. '작가가 이야기하고 싶은 것'만이 아니라 모든 학생이 '작가에게 이야기하고 싶은 것'을 자유롭게 기술하도록 하는 것은 어떨까? 상상이 샘솟는다.

작업을 다 끝냈을 때는 교무실 창문 가득 밤이 펼쳐져있었다. 나는 슬슬 돌아갈 준비를 했다.

"안녕하세요."

교문을 나서려는 참에 누군가가 나를 불러 세웠다. 분명 나를 기다리고 있던 목소리다.

가로등 불빛에 그의 얼굴이 확실히 보였다. 매력을 담은 눈매. 부드러워 보이는 머리칼. 본 적이 있다.

"아. 안녕."

"도다 렌스케라고 합니다."

나도 이름을 밝혔다.

얼마 전 시부야에서 우연히 만난 일을 화제로 꺼내는 부담스러운 짓은 하지 않았다.

렌스케는 나를 그전에도 본 적이 있다고 했다. 고등학교 농구부가 부속중학교 농구부와 함께 연습할 기회가 있었던 모양인데 그때 복도에서 우연히 나를 보았다고 했다.

렌스케는 나와 사쿠라가 어떤 관계인지 추궁하지 않았다. 오히려,

"들어주셨으면 하는 이야기가 있습니다."

이런 식으로 이야기하는 게 아닌가.

"사쿠라랑 관계된 일인가요?"

"네."

우리는 장소를 바꾸기로 했다.

풀밭 벤치에서 하늘을 올려다본다. 달은 구름 너머에 가려져 빛이 제대로 보이지 않는다. 그 모습이 어딘가 모르게 너무도 갑갑한 느낌이 들었다.

지금의 나니까 그렇게 느끼게 된 게 분명했다.

나는 더 많이 알고 싶었다.

사쿠라를.

렌스케는 이야기를 시작했다, 마치 비밀을 밝히기라도 하는 톤의 목소리로. 사쿠라에 대해, 아니, 사쿠라와 그 자신에 대해.

이야기의 시작은 만남부터였다.

☪

도다 렌스케는 키노시타 사쿠라를 늦겨울에 알게 됐다. 전철통학을 그만두고 자전거로 고등학교를 등하교하게 된 지 얼마 안 된 시절.

맑은 날 학교로 향하는 길에는 가로수 그늘이 드리워져 있었다. 자전거 안장에서 엉덩이를 살짝 띄우고 핸들을 평소보다 강하게 쥔 이유는 지각을 하느냐 아니냐의 아슬아슬한 경계선에 서 있었기 때문이었다.

렌스케는 귀여운 애나 취향인 애를 발견해도 속도를 늦추지 않았다. 예를 들어 늦겨울이 그녀들을 쓰다듬는 바람에 스커트가 둥실 떠올라 안의 속옷이 보인다고 하더라도 속도를 늦추지 않을 게 분명할 정도였다.

그런 렌스케가 속도를 늦출 뿐 아니라 급브레이크를 건

이유는 비일상적인 것이 시야 구석을 스쳤기 때문이었다.

렌스케는 자전거에 올라탄 채로 땅을 발로 차며 후진했다. 가로수를 한 그루, 두 그루, 떠나보내고 나서야 '비일상적인 것'의 정체가 드디어 시야 중앙에.

여자아이가 가로수에 쓰러져있었다.

같은 학교 여학생이었다. 침대에 누운 것 같은 자세로 그녀는 쓰러져있었다. 가지의 그늘이 그녀의 깡마른 체구 위에도 드리웠다. 투명할 정도로 하얀 피부, 핏기가 없는데도 부드러워 보이는 입술, 긴 속눈썹. 볼에서 턱에 걸쳐 윤기가 도는 검은 머리카락이 놓였다. 누가 어떻게 봐도 당황해야 마땅할 상황에서 렌스케는 그녀를 지그시 바라보았다.

아차, 정신을 차린 렌스케는 여고생을 흔들어 깨우려고 했다. 저기요, 괜찮으세요? 괜찮으세요? 스마트폰으로 구급차를 부르려고까지 했다. 그때,

으응…… 우음?

여자아이는 오늘 처음 잠에서 깬 것처럼 눈을 뜨고 벌떡 몸을 일으켰다. 당연히 상반신에는 흙이나 낙엽 찌꺼기가 잔뜩 묻었다.

괜… 찮아?

렌스케가 다시 물어보자 여자아이는 부비부비 눈을 비비다 말고 멍한 눈으로 웅크리고 앉은 렌스케를 응시했다.

누구…… 세요?

렌스케가 사쿠라를 처음 만난 것은 이 기묘한 아침이었다. 아니, 이런 만남이 있었기에 기묘한 아침이었다.

렌스케는 이름을 밝혔다. 사쿠라도 이름을 밝혔다.

렌스케는 사쿠라를 부축하고 일으켜 세우면서 동시에 가로수에서 인도로 안내했다. 지각한 학생들이 지나가는 와중에 슬쩍슬쩍 두 사람을 본다. 사쿠라는 겨우 사태를 파악했다. 렌스케에게 사과와 감사의 말을 입에 올렸다.

사쿠라는 걷다가 빈혈을 견디지 못하고 가로수에 쓰러진 것이었다. 렌스케는 설명을 들으며 안도의 한숨을 내쉬었다. 심각한 사태는 아닌 모양이었다.

이제…… 괜찮아요. 놀라게 해서 미안해요.

사쿠라가 괜찮다고 해도 렌스케는 그녀를 그냥 두고 갈 수 없었다. 지각할 각오로 렌스케는 자전거를 천천히 밀면서 사쿠라와 발걸음을 맞추었다.

사쿠라는 아직도 졸려 보였기 때문이었다.

다음 날 아침도 렌스케는 등교 도중에 가로수 길에서 사쿠라를 발견했다. 이번에는 그래도 가로수 근처에 드러누워 있지는 않았지만 그대로 무시하고 가지는 못했다. 사쿠라는 낮은 돌담에 앉아 고개를 푹 숙이고 있었다.

괜찮아? 렌스케는 이번에도 똑같이 말을 걸었다. 사쿠라는 시간을 들여서 머리를 천천히 들고 렌스케 안녕, 하고 가늘게 눈을 뜬다.

사쿠라의 몸이 약한 것인지 아니면 약의 부작용이라도 겪는 것인지는 알 수 없었다. 어느 쪽이든 사쿠라에게 있어서 아침은 자신과의 싸움인 모양이었다. 등굣길에는 무조건이라고 해도 좋을 만큼 멈춰서 나무 그늘에서 쉰다. 쪽잠을 잔다.

나, 그래서 교실에서도 특별취급이야.

사쿠라는 지각해도 용서해준다고 했다. 얼마나 늦게 교실에 들어가든 아무도 혼내기는커녕 늦게 온다고 걱정조차 않는다.

렌스케는 사쿠라가 불쌍하다고 생각했다.

그 뒤로도 등굣길에서, 렌스케는 사쿠라를 발견했다. 사쿠라는 서서 걸어가고 있을 때도 있었고, 나무 그늘에서 쉬고 있을 때도 있었다. 발견한 때는 반드시 말을 걸었다. 그리고 같이 학교까지 걸었다.

처음에는 사쿠라를 발견할 때마다 걱정이었다. 하지만 어느새 그녀와 만나는 게 기대되기 시작했다. 렌스케가 먼저 방과 후에 같이 가자고 제안했다.

사귀는 사이는 아니다. 하지만 밝은 예감이 든다. 그런 상황. 렌스케는 분명 사쿠라에게 조금씩 끌리고 있었다.

하굣길에는 손을 잡는 때도 있었다.

사쿠라가 목소리가 나오지 않는다고 고백한 때는 렌스케도 말을 잃었다. 멍하니 사쿠라를 바라보았다. 사쿠라는 렌스케를 걱정시키지 않으려고 평소처럼 미소 지었다.

사쿠라는 태블릿을 사용해 목소리를 글자로 바꾸어 렌스케와 대화했다.

렌스케는 당황했다.

말하기와 쓰기는 속도가 다르다. 처음 만난 날 렌스케는 자전거를 끌고 가며 사쿠라의 발걸음에 맞추었지만, 그때처럼 박자를 맞추는 게 불가능했다. 렌스케는 어떻게든 먼저 앞질러서 사쿠라를 두고 가버리게 되는 것이다. 사쿠라도 이를 느끼고 초조해하며 펜을 휘갈겼다. 하지만 서두르고 초조해할수록 두 사람의 거리는 멀어졌다.

어느 날 밤 사쿠라는 펜을 떨어뜨렸다. 렌스케가 주워준다. 렌스케로부터 펜을 받아든 사쿠라는 그의 미소를 앞에 두고 울음을 터트렸다. 사쿠라의 우는 얼굴을 보았을 때 렌스케는 깨달았다. 더 이상 둘이서 이렇게 같이 걷는 일은 없을지도 모른다.

다음 날부터 렌스케의 클럽활동이 끝나기를 기다리는 사쿠라의 모습은 보이지 않았다.

등교 도중 사쿠라를 발견해도 렌스케는 못 본 척했다.

그 뒤로 한동안 렌스케는 미사키라는 이름의 같은 반 친구와 사이좋게 지냈다. 그녀는 사쿠라와 대조적으로 지각도 결석도 하지 않는 건강의 화신 같은 아이였다. 그녀의 밝은 모습에 렌스케는 구원받은 기분이었다. 미사키가 먼저 같이 방과 후 하굣길을 같이 가고 싶다고 말했다.

렌스케는 마음 한구석에 아직 사쿠라가 신경 쓰였다.

렌스케는 미사키에게 사쿠라 이야기를 꺼냈다. 그리고 사쿠라를 잊지 못하고 있다는 사실도.

그런 렌스케를 보고 찌질하게 뭐라는 거야, 하고 일축하고 웃기는 일로 바꾸어 마음을 편하게 해준 것도 미사키였다. 렌스케는 그런 미사키에게 크게 구원받았다. 조금씩 렌스케는 미사키에게 끌려갔다.

어느 날 방과 후에 있었던 일이었다. 농구부 클럽활동이 끝난 뒤 렌스케는 홀로 체육관에 남았다. 감을 잡을 때까지 슛 연습을 하고 체육관을 나왔다. 꽤 늦은 시간이다. 복도는 캄캄하고 아무도 없다. 현관에 도착했을 때 신발을 갈아 신으려고 하는데 로퍼를 신은 사쿠라가 도도도도 다가와서 오랜만, 하고 말을 걸어온 것이다.

우선 사쿠라와 그렇게 얼굴을 마주하는 게 오랜만이었다. 그리고 무엇보다도 사쿠라가 밤에도 목소리가 나오게 된 게 매우 놀라웠다.

렌스케는 응, 오랜만이네, 말고는 대답하지 못했다.

그러자 사쿠라는 웃는 얼굴로 안녕, 하고 렌스케에게 등을 돌리고 다시 도도도도 뛰어서 현관을 나섰다. 렌스케는 조금 당황해서 벙 쪘다.

미사키는 평소보다 클럽활동이 늦게 끝나는 렌스케를 깜짝 놀라게 해주려고 신발장 뒤에 몸을 숨기고 있었다. 사쿠라와 주고받은 대화를 모두 들었다.

벙 찐 렌스케 앞에 미사키가 나타났다. 부담스러운 분위기였다. 한동안 있다가 오늘은 혼자 돌아갈래, 하고 미사키가 말했다. 알았어, 하고 렌스케가 대답했다.

다음 날 방과 후, 평소처럼 미사키가 현관에서 렌스케를 기다리고 있었다. 하지만 그녀는 고민한 끝에 결심한 듯 심각한 표정을 짓고 있었다. 미사키는 조용히 말을 꺼냈다.

사쿠라라는 애, 맞지? 어제.

응.

목소리 나오게 된 모양이네. 그 애. 밤에도.

그런가 봐.

어떻게 할 거야, 우리?

무슨 말이야?

각오는 하고 있었어, 전부터. 사쿠라라는 그 애가 렌스케한테 돌아오면 깔끔하게 물러서자고.

무슨 말 하는 거야, 미사키.

그치만, 그렇잖아. ……그런 거 아니었어? 렌스케한테 나는 사쿠라가 돌아오기 전까지 대용품 여자친구잖아…… 아냐?

……미사키.

말해, 제대로. 안녕이라고. ……그래야만 나 제대로. 제대로 렌스케를 잊을 수 있을 것 같으니까.

그렇게, 미사키가 울음을 참으려는 양 고개를 숙였을 때였다. 렌스케가 다가가 미사키를 품에 꼭 안았다. 렌스케의 셔츠와 미사키의 셔츠가 마찰하는 소리가 났다. 캄캄하고 조용한 현관 한가운데에 그 마른 소리만이 노골적으로 축축했다.

내가 좋아하는 건 미사키야. 미사키 너 말고는 없어.

렌스케는 미사키를 안심시키려고 더 강한 말을 했다.

사쿠라는 더 이상 좋아하지 않아. 떠올리지도 않을게.

미사키에게, 렌스케는 키스했다.

셔츠가 마찰하는 소리만이 울리는 밤의 현관에 쿵, 물건이 떨어지는 소리.

그곳에는 사쿠라가 있었다. 땅에 떨어진 그녀의 숄더백. 사쿠라의 얼굴은 어슴푸레해서 전혀 보이지 않았다. 천천히 허리를 굽힌 사쿠라가 숄더백을 품에 안은 뒤 렌스케와 미사키 곁을 지나가 밖으로 나갔다. 순간적으로 보인 사쿠라의 얼굴은 잠에서 아직 깨지 않은 사람처럼 멍하고, 그리고 절망적으로 보였다.

그다음 날부터였다. 사쿠라가 학교 안에서 전혀 보이지 않게 된 것이. 그녀와 같은 반 학생에게 물어보아도 별달리 자세한 사정은 모르는 모양이었다. 입원했다, 라는 이야기를 듣고 렌스케 쪽이 살짝 절망했다. 자기가 내뱉은 심한 말이 사쿠라가 입원한 것과 직접 관계가 있는 것은 아닐까…… 마음이 아파 제정신이 아니었다.

사쿠라가 다시 학교에 모습을 보였을 때 렌스케는 가슴
을 쓸어내렸다. 하지만 말을 걸려고 다가가도 사쿠라는
피한다. 눈도 마주치지 않는다. 그렇게 불안과 자책감을
지게 되었다.

☪

이런 이야기를 들어줄 만한 사람은 나밖에 없었다고 렌
스케가 말했다. 나라면 사쿠라가 그간 겪었던 일과 사정
을 어쩌면 알고 있을지도 모른다고 생각한 모양이다.
　렌스케는 스스로를 심하게 자책했다. 빨리 해방시켜주
고 싶었다.
　나는 사쿠라의 입원이 우연한 교통사고 때문이고 렌스
케가 내뱉은 말과는 관계없다는 사실을 전했다. 다만 기
억상실까지는 이야기하지 않았다.
　"……정말인가요?"
　"응."
　렌스케의 몸에 쌓인 쓸데없는 힘이 빠져가는 게 느껴졌

다. 죄의식에서 해방된 그는 하늘을 올려다보았다.

"키노시타를 지금도 좋아하나요?"

내가 물었다.

침묵을 채우는 벌레 울음소리.

"아뇨."

렌스케가 그렇게 말하고는 시선을 풀밭으로 돌린다.

"저에겐 지금 미사키가 있어요."

"솔직히 말해줘서 고마워요."

"……선생님은."

"응?"

빛을 가리던 구름이 흘러가 크림색 달이 드러났다. 쌓여 온 빛이 풀밭을 밝게 비춘다.

"사쿠라를 어떻게 생각하고 계신가요?"

렌스케의 물음에 모르겠어, 라고 대답한 나는 비겁한 것일까? 나는 그렇다고는 생각하지 않았다. 모르는 것은 모르는 것이다.

렌스케가 해준 사쿠라에 얽힌 이야기를 듣고 나서 더욱 내 감정을 알 수 없게 됐다. 이 감정은 무엇일까? 동정? 우정? 아니면…….

사쿠라에 대한 감정은 그냥 내버려 두면 된다고 생각했

다. 감정이랑 생각해서 결론을 내리는 게 아니라 감정 그 자체에 몸을 맡겨야 할 것이니까.

하지만 지금의 나는 여유가 없다.

내 마음속 깊은 곳에 있는 사쿠라에 대한 감정을, 그 색을 제대로 확인하려고 기를 쓰고 있다. 서두를수록 색은 보이지 않게 변한다. 탁한 물속으로 가라앉는다.

렌스케가 해준 이야기 속에 등장한 사쿠라에게 한 가지 신경 쓰이는 점이 있었다.

몸이 약하다는 것이 의외였다. 사쿠라는 내 앞에서 졸려 하는 모습을 전혀 보인 적이 없다. 아니면 나를 걱정시키지 않으려고 긴장하고 있었던 것일까?

'또' 다.

사쿠라에 대해 아무것도 모르고 있다는 기분이 든다. 이렇게 알면 알수록 사쿠라는 내게서 멀어지려고 하고 있다.

그날 한밤중에 사쿠라로부터 이런 메시지가 날아들었다.

[어머니의 날은 내일모레지만 못 참고 선물 드려버렸어요. 파인애플 향 보디소프, 마음에 드신 모양이에요. 그리고 왠지 모르게 우시더라고요.]

[선생님]

[물어보고 싶은 게 있어요.]

[빠른 시일 내에 만나고 싶은데, 괜찮아요?]

오후 여섯 시의 하늘은 아직 훌륭한 밤하늘이라고 말하기는 어려웠다. 한낮의 밝기가 잊히지 않는지 복숭앗빛이다.

"어머니는."

옥상에서 울리는 미토준의 목소리.

"분명 저를 도와주려고 그러시는 거겠죠. 저를 도와주려고 게닌을 그만두라고 말씀하시는 거겠죠."

나는 맞장구를 쳐줬다.

"겨우 알아차렸다고나 할까요. 그리고 어머니의 도움을 받아들이는 것이 저도 어머니를 도와드리는 게 되겠죠."

미토준이 눈앞에서 어른이 되어가는 것 같다.

미토준은 삭발한 상태였다. 삭발했다고 지적하는 것만으로는 뭔가 부족한 느낌이 들어서 손으로 쓰다듬어보았다. 손바닥 안이 따끔따끔한다.

"정신 똑바로 차리려고요."

미토준.

"똑바로 차려서 뭐하려고?"

"고향으로 돌아가서 여자친구에게 프러포즈 할 거에요."

미토준은 껄껄 웃었다.

나는 미토준의 말에 처음으로 웃은 것 같은 기분이 들었다.

미토준은 내게 의자를 양보한다. 오후 여섯 시로 미토준의 근무시간이 끝난다. 이후는 내가 이어서 애드벌룬 감시를 맡는다.

"저기, 미토준?"

돌아가려는 그를 불러 세운다.

"우리, 있잖아. 친구 맞지?"

내 말에 미토준이 진지한 얼굴로 변한다. 그리고는 웃으면서 말한다.

"친구죠."

"그치?"

나는 미토준이 어느 날 갑자기 내 앞에서 사라질 것 같다는 기분이 들었다. 불안해져서 이상한 질문을 던지고 말았다.

"먼저 퇴근하겠습니다."

"수고했어."

나는 그를 눈으로 배웅했다.

하늘을 보았다. 맞은편 빌딩이 머리에 얹은 보랏빛 구름이 옅게 늘어나 메이지도리 위를 수직으로 자르는 듯 휘영청 길다. 이렇게 하늘을 바라보는 것은 그저 야후를 보고 싶지 않아서인지도 모른다.

계단 오르는 소리.

사쿠라다.

내 곁에 선 사쿠라. 늘어진 그 가는 손목에 보랏빛 구름과 닮은 흉터가 보였다. 아마 사고 때문에 남은 것이겠지.

"뭐랄까, 감동적이네요."

야후를 올려다보며 사쿠라가 말했다.

그녀를 따라 나도 겨우 야후를 직시했다. 오늘의 야후는 어머니를 향한 마음으로 가득 차 있었다.

>> 어머니, 도시락 싸시느라 고생 많으세요. 고마워요. —사토코

>> 어무이! 쩐번에 그케가꼬 진짜로 죄송해요! —슈토

>> 앞으로 한 달에 한 번 한잔 하러가요. 어머니. by. 도루

>> 엄마가 제일 좋아요. —다마키 아이코

〉〉 이번에 남친 소개할겡 −마이 드림.

〉〉 엄마, 파친코 적당적당요(＾ㅂ＾) −마사

〉〉 오늘 재밌으셨어요? −안도 사키

〉〉 용돈 올려주세요. −시마사키 유스케

〉〉 가끔은 쉬엄쉬엄 하세요 from 미카

〉〉 회사 일도 집안일도 모두 고마워요 −사에

〉〉 재혼 축하해요♪ −아키라

모든 목소리에도 마음이 담겨있었다. 그렇기에 보고 싶지 않았다. 울타리에 손을 대고 그런 내 옆에 선 사쿠라는 거리를 내려다보며,

"부모자식 동반이 많아 보이네요."

라고 중얼거린다.

"저, 그동안 계속 엄마에게 뭐라고 고맙다고 말할지 고민했었어요. 낳아주셔서 고맙다거나 맛있는 밥을 매일매일 만들어주셔서 고맙다거나. 고민 고민한 끝에 오늘 아침에 어머니에게 말씀드렸어요. '지금까지 항상 도와주셔서 감사해요'라고."

길바닥에서 시선을 올리는 사쿠라.

"엄마에게 도움을 받았다고 생각한 일 되게 많아요. 하지만 도와주셨다고 알아차린 게 정말 극히 일부라서 실은

훨씬 더 많은 도움을 받았을 거예요. 제가 아직 어렸을 때 있었던 일은 모두 기억하지 못하지만, 고맙습니다 라고 말하고 싶어서. 요새 이렇게 지내는 와중에도 도움을 받았을지도 모르고요."

사쿠라의 시선을 느낀다.

"선생님 어머니는 잘 지내세요?"

"몰라."

여행을 떠났으니까. 라는 말은 비유다. 실제로는,

"……가출하셨어, 우리 어머니. 벌써 일 년째야."

"가출이요?"

"응."

오랜만에 가나가와에 있는 본가로 돌아갔을 때 일이었다. 어머니가 친척들에게 내가 공립중학교에서 정규직 교직원으로 일하고 있다고 이야기했다는 사실을 알게 됐다.

"그 사실을 알았을 때는 슬펐어. 내가 기간제 교사라고 어머니도 당연히 알고 있을 텐데. 알면서도 그런 거짓말을 했다고 생각하니……. 그때는 나, 어머니한테 부끄러운 오점인가보다 하고 생각했어."

나는 '더는 어머니를 못 믿겠어.'하고 어머니를 밀어냈다.

당시 아버지와 사이가 좋지 않았던 어머니는 내가 던진 말에 결국 본가에서도 자기가 있을 장소를 찾지 못했다. 다음 날 '여행 다녀오겠습니다.'라는 말을 남기고 집을 나갔다.

평소에도 어머니는 여행을 좋아했다. 어디로 여행을 가든 친구를 만들어서 재워달라고 하는 사람이라 그때도 며칠 지나면 돌아올 거라고 생각했다. 아니, 그렇게 생각하고 싶었다.

하지만 그 뒤로 어머니는 돌아오지 않았다.

"한 달에 한 번꼴로 어머니가 여행지에서 엽서를 보내와. 아무 말도 안 적혀있는 엽서. 살아있으니 걱정 말라 같은 메시지겠지, 싶어."

"힘들었겠네요."

사쿠라가 말했다.

"선생님, 힘들었죠?"

내가 잘못한 건데. 내가 '못 믿겠다.' 같은 말을 했으니까 내 잘못인데. 그런데 사쿠라는 내 편을 들어준다.

"계속 고민하고 있었겠죠. 그렇죠? 선생님은 나처럼 고독한 사람이니까. 누구에게도 말 못 하고 있었죠?"

사쿠라야말로 내가 고독하다는 사실을 알아차리고 있었

던 것이다. 사쿠라의 그런 상냥한 마음에 나는 품에 감추고 있었던 말을 꺼낼 수 있었다.

"이제는 이해가 가. 어머니는 나를 도와주려고 그런 거짓말을 했구나 하고. 내가 고향으로 돌아왔을 때 살기 힘들지 않도록, 숨쉬기 어렵지 않도록, 어머니는 친척들에게 거짓말을 한 것이라고 생각해."

하늘에는 살집 오른 달이 떠 있다. 윤곽도 표면의 모양도 선명히 보인다. 빛의 농담으로 만들어진 모양이 몇 개나 있다.

"그 사실을 이해한 거네요."

"응."

달의 모양 가운데 하나가 내 오른팔의 흉터와 똑 닮았다.

그 상처는 내가 초등학생 때 동물원에 가족여행을 가서 생긴 것이다. 우리 안의 호랑이가 내게 달려들어서 놀라 뒤로 물러서다 넘어지는 바람에 뾰족하게 튀어나온 돌멩이에 팔이 찍혔다. 기억 속에서 가장 인상 깊게 남아있는 것은 어머니의 당황한 얼굴…… 이라고 회상하는 도중에 나는 또다시 어머니의 사랑을 알아차리고 등줄기가 서늘해졌다.

……그랬던 거구나.

어머니는 호랑이에게 공포심을 가진 어린 내가 놀라지 않게 하려고 일부러 호랑이가 나오지 않는 '산월기'를 만든 것이었다. 어머니의 '냥월기'는 전혀 무섭지 않다. 호랑이 대신 고양이가 나오니까. 오히려 귀엽고 재미있어 웃음이 터질 정도다.

어머니에게 사과하고 싶었다. 그리고 그날 어머니에게 내뱉었던 '더는 못 믿겠어.'라고 한 말을 철회하고 싶었다.

어머니를 믿고 싶었다.

나는 오퍼스에 어머니를 향한 마음을 담았다.

어머니가 지금 시부야에 있을 리가 없다. 야후를 볼 리도 없다. 하지만 그래도 괜찮다. 그래도 전하고 싶었으니까.

〉〉 어머니, 돌아오실 거라고 **믿어요** ―다스쿠

"전해지면 좋겠어요."

라는, 사쿠라.

"그러네."

라는, 나.

오늘 처음으로 사쿠라를 제대로 바라보았다는 기분이
들었다.

사쿠라는 군청색 플레어스커트에 체크무늬 반팔 셔츠를
입고 있었다. 가늘고 매끄러운 그녀의 팔에 난 솜털이 바
람과 빛을 받아 반짝인다.

나는 접이식 의자를 하나 더 꺼내왔다. 둘이 나란히 앉
았다.

"선생님께 묻고 싶은 게 있는데."

"응."

우울한 표정. 보기만 해도 사쿠라가 긴장한 게 느껴진
다. 하지만 내게는 그게 어떤 질문일지 짐작도 되지 않았
다.

하늘은 낮의 빛을 잊으려고 하고 있었다. 구름도 보라
색에서 짙은 회색으로 변하고 있었다. 눈부시게 아름다운
밤은 이제 시작이다.

"우리들, 사귀고 있는 건가요?"

사쿠라는 분명 그렇게 말했다. 귀를 의심하게 만드는 울
림이었다.

"엄마가 그저께 밤 그랬어요. ……내가 방과 후 렌스케

에게 실연해서 축 쳐져 있을 때 선생님이 위로해줬다고.
……우리들 그렇게 사귀기로 했다고. 그런데 그날 돌아가
는 길에 어머니에게 전화로 그 사실을 이야기했더니 교통
사고를 당했다…… 라고. 저 기억이 없어서 전혀 생각이
안 나요."

사쿠라는 내 얼굴을 지그시 쳐다보았다.

"정말이에요?"

사쿠라가 또 언젠가 그랬듯이 눈부시게 아름다운 밤을
몸에 두르고 빛나기 시작했다. 눈을 피하고 싶어지는 빛
이었고 한편으로는 계속 바라보고 싶어지는 빛이기도 했
다.

왜 쇼코 씨가…… 그런 말씀을?

결론은 이미 났을 텐데.

나는 사쿠라와 사귈 수 없다. 사귀는 척은 더더욱 할 수
없다. 이미 말한 일이다. 그럼에도 쇼코 씨는 물러서기는
커녕 강행돌파에 나섰다.

아니, 이유가 짐작 가지 않는 것은 아니다.

내 어머니가 내게 그랬듯이 똑같은 마음으로 쇼코 씨는
딸인 사쿠라를 '도와주자.'라고 생각했을 터이다.

사쿠라는 알지 못한다. 나만이 알고 있다.

쇼코 씨는 알고 있는 내게 선택을 강요한다.

사정은 모른다. 사쿠라에게 연인의 존재가 필요한 이유 따위 짐작도 안 간다. 그래도 쇼코 씨가 사쿠라를 지키고 싶어 한다는 마음만은 전해져 온다.

내 마음이 휘청휘청 흔들리기 시작한다.

"뭐라고 말 좀 해봐요. ……선생님."

사쿠라의 불안한 목소리. 나는 가슴에 손을 댔다. 심장에서 팔다리로 꿀럭꿀럭 뜨거운 게 퍼져나간다.

산산조각 나는 구름. 흔들리는 기구.

밤처럼 눈부시게 아름다운 사쿠라.

사쿠라를 지키고 싶은 마음은 나도 마찬가지다.

사쿠라를 지켜주고 싶다. 도와주고 싶다. 행복하게 해주고 싶다. 사쿠라를 더 알고 싶다.

"맞아."

하고 나는 입을 열었다.

"실은 연인이었어, 우리."

겨우 냉정을 찾아서 말했다고 생각했는데, 뱃속 깊은 곳부터 가늘게 떨린다.

"……그랬… 었구나."

하고, 멍하니 사쿠라가.

"기억이 돌아올 때까지 기다릴 생각이었어."

지금까지 쓴 적이 없는 근육을 억지로 써서 목소리를 낸다.

나는 사쿠라를 속이고 있다. 쇼코 씨와 함께 사쿠라를 지키기 위해.

"너무해, 너무해요."

사쿠라는 내 손바닥을 자기 손가락으로 건드렸다. 그 손을 내가 쥐었다.

"나, 선생님을 얼마나 믿는지 몰라요. 호의도 있었어요. 그것까지는 제대로 기억하고 있어요."

사쿠라의 거친 호흡이 점점 차분해지는 게 느껴졌다.

"아마도, 나…… 상처받았을 때 상냥하게 대해준 선생님을 좋아하게 된 게 분명하네요……."

심장소리가 귓가에서 울린다.

"선생님은 실연한 나를 동정해서 사귀자고 한 거예요."

"아니."

애드벌룬의 빛을 직시하지 못한다.

"그전부터, 널 좋아하고 있었어."

나는 고개를 숙였다. 잡은 나의 손과 사쿠라의 손……. 사쿠라의 손은 다른 이를 상처 주는 법을 모르는 아름다운 모양과 색을 띠고 있었다. 사랑스럽다고 느꼈다. 매달리듯 나는 손을 강하게 쥐었다. 그러자 사쿠라도 똑같이 손을 강하게 쥐었다.

정말로 이대로 괜찮은 걸까?

모르겠다.

혹시 나는 평생 후회할 짓을 하는 것인지도 모른다. 사쿠라를 속이고 이런 식으로 사귀고 말았다는 짓을.

하지만.

지금의 나는 쇼코 씨가 사쿠라를 도와주려 시작한 사랑이 담긴 거짓말에 가담하지 않은 채, 눈앞에 선 사쿠라에게서 함부로 멀어지는 짓을 하게 되는 게 더 무서웠다.

지금 나는 사쿠라를 지켜주고 싶었다.

구하고 싶었다.

왜냐면, 있는 그대로 말하자면, 나는 사쿠라를 좋아하니까.

"있잖아요, 선생님."

사쿠라의 목소리가 달콤하게 변한다.

"응."

"기억나게 해줘요."

내 손을 살짝 잡아끈다. 나는 이끄는 대로 시선을 올린다. 사쿠라가 잠이 들듯이 눈을 감고 아름다운 얼굴을 내게 가까이 가져온다.

4장

—

달이 참 예쁘네요

yozora wa
miageru
kimi ni
yasashiku

딱딱하면서도 부드러웠다. 그게 사쿠라와의 키스에서 받은 인상이었다.

딱딱한 것은 사쿠라 자신이었다. 입술을 마주 겹친 순간 작은 어깨에 꿈틀, 하고 또 감은 눈꺼풀에도 꾸욱, 하고 힘이 들어가는 게 느껴졌다.

그런 사쿠라의 입술은, 그러나, 얇으면서도 잠길 것처럼 부드러웠다. 나는 당황해서 말리고 말았다.

사쿠라는 잠에서 깨어나듯 천천히 눈꺼풀을 떴다. 그녀의 눈동자는 젖어있었고 작은 창문처럼 밤의 연한 빛을 품었다.

사쿠라를 속이고 있다는 죄책감이 가슴을 찌를 때마다 그녀와의 키스를 떠올리게 되었다. 그 달콤한 기억 때문에 죄악감을 잊고 마는 내가 있다.

밤이 지나고 다음 날. 우리는 늦은 시간에 전화로 이야기를 나눴다.

사쿠라가 입을 열자마자 한 말에 나도 모르게 긴장했다.

"나, 역시 기억이 안 나요."

차인 건가, 하고 생각하고 말았다.

"렌스케에게 실연하고 어떤 기분이었는지가. 어떤 식으로 선생님이 날 잘 챙겨줬고 어떤 분위기에서 선생님이 어떤 식으로 사귀자고 했는지가, 전혀. 그래도 있죠, 분명 생각 날 거예요. ……만약 안 난다고 해도 당황하지 않고 그때는 앞으로 어떻게 할지만 느긋하게 생각하면 되니까요. 그쵸?"

"그럼."

여러 감정이 빙글빙글 머릿속을 선회해서 한 마디도 겨우 내놓았다. 그런 내 대답이 너무 담백하게 들렸는지,

"미안, 화났죠?"

사쿠라는 갑자기 기운이 빠졌다. 나는 겨우 힘을 내서 밝은 목소리를 내고, 화 안 났어, 안 났어, 부정했다.

"키노시타 씨가 나를 그렇게 진지하게 생각해줘서 나 엄청 기뻐."

"……있잖아요, 선생님."

사쿠라는 화제를 바꾸려고 치고 들어왔다.

"우리 이제 서로 부르는 방법 바꾸는 거 어때요?'

연인이 되면 호칭도 바뀌는 거 맞잖아요? 마치 그런 말투로 말했다.

나는 입에서 나오는 대로 "사귀고 나서 바로 불행한 일이 있었잖아? 아직 호칭 바꾸기도 전이었으니까." 같은 말을 해본다.

사쿠라의 반응을 두근두근하며 기다렸다. 그러자,

"흠흠흠."

같은 여고생답지 않은 말이 들려와 나는 허를 찔렸다. 웃음이 터질 뻔해서 스마트폰을 살짝 뗀다. 그러자 그 사이 사쿠라가 이야기를 꺼냈다.

"……러도, 돼?"

"뭐라고?"

"그, 그러니까."

"응."

"선생님, 이름으로 불러도, 돼?"

깜짝 놀랐다. 부끄러움을 꾹 참고 열심히 말하는 사쿠라의 얼굴이 눈앞에 보이는 것처럼.

"좋아."

나는 평정함을 꾸며내며 대답했다.

"……고마워요."

"나도, 이름으로 불러도 좋을까?"

"어? ……응."

"사쿠라." 하고 나는 입에 올려봤다.

그리고 끝. 아무런 말도 들리지 않고 말았다. 전파 상태가 안 좋아졌나? 불안해진다.

"얼레? 들었어?"

"⋯⋯네."

혹시,

"방금 부끄러웠던 거?"

"왜냐면⋯⋯ 선생님이 갑자기 말했잖아요."

"선생니임?"

나는 장난스럽게 말해봤다.

그러자 잠시 침묵이 흐른 뒤에.

"닷⋯⋯다스, 쿠가."

사쿠라는 부끄러워하면서도 살짝 주눅들은 느낌의 말투로 내 이름을 불렀다. 그래서 오히려 느낌이 확 왔다.

그렇게 통화를 마칠 때쯤 나는 조금 충실한 기분이 들었다. 머릿속을 날아다니던 네거티브한 감정은 도대체 어디로 간 걸까.

앞으로 사귀기로 한 이상 당장 보이는 모순점을 빠른 시일 내에 해결해 두는 편이 좋다. 되도록 빨리 '변명'을 해

두는 것이다.

나는 사쿠라와 서로가 방과 후일 때 만났다. 녹색 벤치에 나란히 앉는다. 해가 떨어지는데도 아직 어슴푸레하니 밝다.

내가 '변명'하려고 생각한 것은 두 사람이 사귀기로 한 점을 왜 말하지 않았는가였다. 옥상에서는 '기억할 때까지 기다리려고 했다'라고 말했지만, 그것만으로는 부족하다는 기분이 들었다.

"사쿠라는 결국 렌스케를 향한 마음을 제대로 정리하지 못한 채로 나랑 사귀게 되었어. 그래서 나도 마음 한구석에서 켕기는 구석이 있었고. 그래서 우리가 사귀기 시작했다는 걸 자신 있게 말하지 못했어. 미안."

이게 나중에 생각한 '변명'이라는 사실을 눈치채기 어려운 말투로 말하려고 노력했다.

"그렇게 말 못 한 채로 있어도 다스쿠는 괜찮았던 거야? 그런 거?"

토라진 사쿠라.

"다스쿠는 내가 먼저 말 안 하고 있으면…… 앞으로도 쭉 나랑 연인관계로 돌아가지 못해도 괜찮았던 거야? 그런 거?"

아무 말도 하지 못했다.

"미안해요. ……괜히 뭐라고 해서."

식은땀이 멈추지 않는다. 사쿠라에게 거짓말을 계속 쌓아가게 되는 데에 대한 거부반응이었다. 과연 이런 짓을 언제까지 계속할 수 있을까? 정말 이게 쇼코 씨가 말한 대로 '사쿠라를 위해' 좋은 일이란 말인가? 사쿠라를 도와주는 일이 된단 말인가?

"앗…… 지금, 뭐 보였어."

사쿠라가 풀숲으로 다가가 쭈그리고 앉았다.

사쿠라에게 진실을 밝히고 편해지고 싶은 내가 있다. 그런 내가 점점 부풀어 오르는 것을 피부 안쪽에서 느꼈다.

"고양이."

사쿠라가 속삭이듯 나를 불렀다.

나도 벤치를 떠나 풀숲에 다가갔다. 사쿠라 곁에 쭈그리고 앉는다. 풀숲 안은 캄캄해서 뭐가 거의 보이지 않았지만 분명 고양이의 존재는 확인할 수 있었다.

"나, 요즘."

사쿠라가 풀숲 속 고양이를 바라보며 말한다. 몇 초 늦었으면 나는 진실을 말했을지도 모른다. 그만큼 나는 아슬아슬했다.

"아무것도 아닌 일 때문에 다스쿠 생각나."

"……아무것도 아닌 일?"

"냉장고 열 때라던가, 간지러운 무릎 긁을 때라던가, 반에서 애들 이야기 듣고 있을 때라던가. 다스쿠랑 전혀 관계없는 일에도 다스쿠 떠올라."

고양이가 눈을 빛내며 나와 사쿠라를 번갈아 바라본다.

"이게 좋아한다, 라는 걸까?"

내 앞에서 잘도 당당히 말한다.

"사쿠라는 어떻게 생각해?"

"으~음."

사쿠라는 입술을 삐죽이며 끙끙댔다.

"아직 아닌 거 같아."

사쿠라가 그렇게 생각한다면 그걸로 됐다. 솔직히 말해주는 사쿠라는 그런 만큼 대하기 편하다.

"잘 생각해보니까 나, 엄마라든가 친한 동네 여자애도 그런 식으로 생각할 때 있어."

"흠흠흠."

"잠깐, 그거 지금 나 따라 한 거~?"

"21세기 여고생이 '흠흠흠'이라니, 멸종위기 종일까."

말끝에 (⌒;)이라도 붙인 양 말했다.

"홍! 됐끄든여~."

사쿠라가 고개를 홱 돌렸다. 사쿠라의 반응에 참지 못하고 실실 웃음이 나왔다.

"가자. 늦었어."

"맞네."

사쿠라가 일어서면서 내 볼에 가볍게 입을 맞췄다. 허를 찔린 나는 일어서는 것을 까먹었다. 올려다보니 사쿠라가 승리자의 표정을 짓고 있었다.

무서운 아이. 하고 생각하면서도 사쿠라의 볼이 살짝 달아올라있는 걸 보니 꽤나 긴장하면서 한 짓이라는 사실을 알아차렸다. 그런 사쿠라가 견딜 수 없게 귀여웠다.

거짓말을 발판으로 선 연애관계다. 또 다른 모순이 모습을 드러낼지도 모른다. 하지만 그래도 그럴 때마다 '변명'을 만들어 해결하면 된다.

그렇게 하자.

아니, 그렇게 해야만 한다.

돌아가는 전철 안에서 그런 생각을 했다. 생각하니 조금 애절한 기분이 들었다.

사에키 선생님과 복도에서 마주치며 인사를 주고받았다. 전보다 좀 둥글둥글해진 인상을 주는 사에키 선생님. 최근에 학생들과도 친근하게 대화를 나누는 모습을 자주 본다.

교무실에 들어가 내 책상 위를 보니 책 한 권이 놓여있었다. 표지에 쪽지가 붙어있다.

'괜찮으시면 사용해주세요. 요점이 잘 정리되어 있어 쓰기 좋습니다. 사전 역할도 해줄 겁니다. 시험공부 힘내세요. 사에키.'

목차를 보니 정말로 교직원 채용시험 대책에 좋을 책이었다.

사에키 선생님의 상냥함을 받아 마음이 기뻤다. 나는 방금 막 지나친 사에키 선생님에게 감사의 인사를 전하러 복도로 뛰쳐나갔다.

그날은 선생님 일과 애드벌룬 감시 아르바이트가 모두 있었다.

옥상에 올라가자 미토준이 있었다. 대자로 누워있다.

나로서는 밖에서 비를 맞는 옥상에 대자로 눕는 것은 좀 그래서 미토준 옆에 양반다리를 하고 앉았다. 몇 초 뒤에는 나도 대자로 누웠다. 손발을 쭉 펴니 기분이 좋았다.

"별이 하나도 안 보임다, 도쿄는."

미토준.

"그러네."

"그러고 보니, 시부야 계획정전 연기라던데요."

"8월로 미뤄졌어."

"어제, 텔레비전 보셨슴까?"

"으음, 딱히."

"별이 하나도 안 보임다."

대화가 안 된다. 산산조각 나 떠다니는 구름처럼 말이 이어지지 않는다. 반년 넘게 친하게 지낸 사이인데 처음 본 사이처럼 불편하다. 그래서 오히려 나는 대강 감이 왔다.

"선배도 라디오 좋아하죠?"

가끔 미토준의 라디오를 맘대로 빌려다 듣곤 했는데 들 켰나보다. 나는 미토준을 과소평가하고 있었다.

"저 알바 관두고 이번에 라디오 방송국서 일함다."

"어……?"

감은 왔지만 직접 들으니 역시 어쩔 줄 모르겠다. 그런 건가?

"뭐, 연줄로 들어가는 거긴 한데요. 조연출로 첫 단추부터 다시 시작함다. 그래서 게닌의 꿈은 접습니다."

밤하늘을 똑바로 바라보는 미토준의 고민이라고는 없는 단정하고 잘생긴 옆얼굴.

그 순간 아무 말도 하지 말자는 생각이 들었다. 미토준의 결단은 분명 그의 어머니도 구하는 길이 될 것이다.

떠나는 미토준의 빈자리는 다른 감시원이 결정될 때까지 마케팅팀 직원이 메꾸게 되는 모양이다.

"선배랑 이렇게 옥상서 만나는 것도 이걸로 라스트인가."

"쓸쓸할 거야."

"심지어 도쿄도 아니거든요. 고향 라디오 방송국이라서. 에이 뭐~ 전 안 쓸쓸함다. 미래의 색시랑 함께니까."

"다시 말하자면……."

"여자친구랑 결혼하기로 했슴다."

"진짜?"

나는 벌떡 일어났다. 축하한다, 미토준에게 손을 내민다. 악수한다. 손을 떼면 눈물이 터질 것 같은 기분이 들어서 손을 놓지 못하겠다.

지금이라면 인정할 수 있다. 나는 미토준을 존경하고 있었다고. 그것도 아주 예전부터. 내가 시험공부 농땡이를 피우고 있는 와중에도 그는 열심히 꿈을 좇았다. 겨우 내가 공부를 다시 시작할 때쯤 미토준은 이미 꿈을 다른 꿈으로 재장전하고 더욱 크고 소중한 것도 얻었다.

지금 말하면 잘난 척 까불 테니까 그런 속내는 일단 넣어두기로 했다. 하지만 분명 언젠가 말할 날이 올 것이다.

미토준은 빌린 돈도 모두 갚았다. 그게 오히려 마음에 크게 한 방 먹었다. 안녕, 이라는 사실을 통감했다. 돈 안 돌려줘도 돼. 더 자주 보자. 이야기하자.

우리는 마지막으로 같이 애드벌룬을 올렸다. 하지만 계류된 기구에 빛을 넣을 때쯤에는 이미 옥상에서 미토준은 모습을 감추었다.

미토준의 결혼을 축하하기 위해 기구의 불이 거리로 쏟아진다. 미토준이 대각선 횡단보도 언저리에서 아쉬운 마음에 기구를 올려다보는 모습이 눈앞에 선하다.

나는 그에게 전화를 걸었다.

"미토준, 지금 너 대각선 횡단보도 앞이지?"

"어케 알았습까?"

"됐고, 일단은 야후 좀 봐."

꿈을 향해 돌진하는 것만이 '열심히'가 아니다. 꿈을 포기한 사람이라도 그 뒤엔 열심히 사는 것이다. 나는 미토준에게 야후로 응원 메시지를 보냈다.

》》재미없는 만자이, 더 이상 못 보는 게 제일 아쉽다!

들린다,
"선배…… 선배……."
미토준의 오열이 길거리 잡음에 섞여.
"나도 시험공부 열심히 할 테니까. 미토준 덕에 다시 도전이야. 우리 서로 힘내자. 제수씨도 행복하게 해주고. 그리고 또, 음, 아! 라디오 들을게."
말하고 싶은 게 잔뜩 있는데도 어쩐지 제대로 말로 표현이 안 된다. 미토준도 마찬가지인 모양이다. 우리는 마지막에 정리하는 그 순간 끝까지 대화가 엉망이었다.

교직원 채용시험은 7월 1차 시험에서 교양을 묻는다. 여기에 합격한 자만이 8월 2차 시험 면접으로 진출한다.
지금은 5월 하순. 시간적으로 여유가 있다고 하기에는 어려운 상황.
나는 게을렀던 나 자신을 벗어던지고 제대로 공부에 집

중하려고 기출문제 중심으로 문제풀이를 하면서 사에키 선생님에게 빌린 책도 참고했다.

사쿠라도 나를 생각해 불필요한 메시지는 일절 보내지 않았다. 하지만 내가 먼저 메시지를 보내거나 하면 바로 '확인' 표시가 붙었고 답장도 돌아왔다. 사쿠라는 '밀당'도 하지 않았다. 천진난만하다. 그게 너무 편하다.

나는 정확히 말하자면 연애에 목숨 거는 사람은 아니다. 연애가 인생의 모든 것이 되지도 못하고, 여자친구에게 완전히 몰두하지도 못한다.

연인과는 일정한 거리를 취한다. 언제 차이더라도 바로 다시 일어설 수 있도록. 미련을 질질 끌고 다니면서 밥도 못 먹게 된다거나 상대방 SNS를 체크하지 않으면 못 견딘다거나 그런 식으로 변하지는 않는다.

사랑은 맹목적이다, 같은 말도 있지만 나는 그렇지 않다. 언제나 냉정하고 이성적이다.

사쿠라도 어쩌면 내일부터 나를 싫어하게 될지도 모른다. 그런 가능성이 없다고는 단언할 수 없다.

이런 식으로 미리 변명을 깔아놓는 나지만 사쿠라를 좋아하는 것은 진심이었다. 일정한 거리를 유지하면서도 사쿠라의 연인으로서.

나는 공부에 집중하고 일에 정신이 없는 와중에 사쿠라
와 보내는 시간도 소중히 했다.

인간이란 잔인한 동물이다.

사쿠라를 향한 죄악감은 날이 갈수록 사라져간다.

이 사실을 처음에는 위험하다고 생각했다. 사람을 속이
고 있다는 상황에 익숙해져서 좋을 리가 없었다.

그런데 이제는 위험하다는 생각조차 들지 않게 되었다.

같이 이야기하거나. 사쿠라의 미소를 보거나. 그러한
행복을 양심의 가책 없이 순수하게 향유하고 싶었다. 그
런 내가 있어 무서워진다.

사쿠라와 유원지에 갔다.

가는 동안 전철 안에서 코오코오 하던 사쿠라가 유원지
에 입장하자마자 신이 나 뛰어다녔다.

우리 눈앞에 교복 입은 여고생들이 바로 셀카봉으로 사
진을 찍기 시작했다. 그런 표정까지 짓느냐고 묻고 싶어
질 만큼 온갖 표정을 지으며. 우후, 하고 입술을 삐죽이는
여자아이. 와, 하고 놀란 표정을 짓는 여자아이.

"기껏 왔는데 나도 찍어볼까나."

사쿠라가 스마트폰을 꺼내 카메라 모드로 바꾸었다. 그 때 내 쪽을 살짝 사쿠라가 보려고 했다가 그만둔 것을 알아차렸다.

사쿠라가 나에 대해 무언가를 포기한 순간이었다.

사쿠라의 마음 속 목소리가 들리는 것 같다. ……속으로는 다스쿠랑 같이 찍고 싶은데. 하지만 다스쿠, 이런 '젊은 느낌' 분위기 별로 안 좋아하니까. 혼자 찍어야지이.

"사쿠라?"

셀카를 막 찍으려던 사쿠라가 응? 하고 나를 돌아본다.

"나도 같이 찍어도 돼?"

"……정말?"

"응."

나는 스스로가 약간 믿어지지 않았다. 그래도 지금 사쿠라와 함께 카메라 화면 안에 들어가 같이 셀카를 찍는 이 남자는 분명 다른 이도 아니고 나 자신인 것이다.

"다스쿠, 웃어봐."

"이, 이렇게?"

"그렇지. ……얼레? 귀여워어."

"얼른 찍엇."

그 사진은 우리에게 있어 추억이 담긴 한 장이 되었다.

미소 짓는 두 사람. 유원지 간판. 푸른 하늘. 하얀 구름.

나는 스스로가 조금 변했구나 하는 느낌이 들었다.

어른스러운 척하지 않고 어린아이처럼 구는 일을 적극적으로 받아들이면 그곳에 행복이 있었다.

아무렇지도 않은 일로 사쿠라를 떠올리게 되었다.

뒤엉킨 이어폰 줄을 푼다. 시험공부에 지쳐 천장을 올려다 본다. 베란다의 작은 화분에 나비가 앉아있는 모습이 눈에 들어온다. 그런 아무렇지도 않은 순간에 나는 사쿠라의 얼굴이나 몸짓을 떠올렸다.

나와 사쿠라는 밤의 다용도 빌딩 옥상에서 자주 만나게 되었다. 제대로 업무를 하면서도 여자친구와 즐거운 대화를 나눴다.

참고로 대화는 목소리를 사용하는 것만이 아니다.

〉〉 시험공부는 잘 돼강? (사)

〉〉 쭉쭉 나감 (다)

야후를 통해 대화하기도 했다. 어미에 (사)와 (다)를 붙인 것은 각각 '사쿠라'와 '다스쿠'의 〈SNS글〉이라는 표시다.

〉〉 있잖아, 다음에 (다)

〉〉 똑같은 옷 입은 사람하고 마주쳤다.

〉〉 피젯 스피너 망가져뿐네.

〉〉 양고기 파는 가게 시부야에 있습니까~?

〉〉 다음에, 뭐? (사)

〉〉 신호 길다

〉〉 나고야에서 왔습니다

〉〉 더워.

〉〉 '계획정전, 결국 안한다.' 가설

〉〉 축제, 같이 가자 (다)

하고 보낸 직후.

"갈래! 재밌겠다!"

야후를 경유할 필요 없이 대답하는 사쿠라였다. 있는 그
대로 꾸미지 않은 모습이 귀엽다. 나도 있는 그대로 즐거
운 기분이 들었다.

집 근처 커다란 신사에서 열리는 축제였다. 토요일과 일
요일 이틀간 벌어진다. 인근 주민만이 아니라 멀리서 참
가하는 사람도 많은 훌륭한 축제다.

오후 7시에 역으로 사쿠라가 오기로 했다.

역 안보다 밖이 아직 시원했다. 나는 밖의 전신주에 등
을 기대고 개찰구를 정면에서 바라보며 섰다.

사쿠라가 나타났다.

붉은색 유카타를 입은 사쿠라는 무기질로 가득한 역 안에서 피어난 꽃 같았다. 지나치는 사람은 모두 꽃의 아름다움에 홀리기라도 한 듯 사쿠라에게 시선을 빼앗겼다.

"오래 기다리셨습니다."

사쿠라가 나를 올려보며 말했다. 머리는 깔끔하게 위쪽으로 틀어 올려 꽃 모양 비녀로 장식해 유카타와 잘 어울렸다.

"앗, 응."

품위 있고 요염한 목의 선이 나를 유혹한다. 연하게 보이는 푸른 혈관마저 두근거리게 한다. 나는 사쿠라에게 긴장하고 있는 모양이었다.

"유카타, 아주 잘 어울리네."

긴장한 와중에도 솔직하게 칭찬하는 일을 빼먹지 않았다.

"고마워."

사쿠라가 싱긋 웃으며 말하고 두 손에 든 작은 두루주머니에서 한 손을 뗐다. 큰북 소리가 들려온다. 나는 늘어진 사쿠라의 손을 잡고 마쓰리의 불빛을 향해 걸음을 뗐다.

그렇게 생각해서 그런지 사쿠라에게서 꽃향기가 났다.

신사에 가까워지면서 큰북의 소리도 점점 커져갔다. 신사입구의 기둥문을 넘는다. 그곳은 밤의 기운과 활기로 가득 찬 축제. 노점의 불빛이 동심을 간지럽힌다.

"있잖아, 혹시 서로 못 찾을 때를 대비해서 '암호'정하자."

사쿠라는 신나서 제안했다.

"뭐야 그게? 소리 지르면 돼?"

"응응응."

우리는 '암호'를 정하기 위해 고민했다. 고민하기 위해 시간을 썼다. 그리고 몇 가지 후보에서 고르고 고른 암호가,

"밤은 눈부시게!"

"아름답다."

우리는 들떠있었다. 들뜬 기분에 맡겨 걸음을 뗐다.

먹고 싶은 게 있으면 우리는 뭐든 사서 먹었다. 타코야키에 빙수에 솜사탕.

하고 싶은 것도 전부 했다.

제비뽑기로 사쿠라는 장난감 총을 땄다. 오른손에 쥐고 빵, 나를 쏘는 시늉을 하는 사쿠라. 나는 윽, 가슴을 쥔다. 내 연기력이 웃음 포인트에 제대로 들어갔는지 사쿠라가

오히려 웅크리고 마음껏 웃었다.

금붕어를 두 마리 땄다.

두 마리 다 사쿠라가 떠 올렸다. 금붕어는 투명한 두루 주머니에 물과 함께 담아서 받았다. 좁은 수조 속에서 두 마리가 하늘하늘 헤엄친다. 물 반대편에서 나처럼 금붕어를 바라보는 사쿠라와 눈이 마주쳐 웃음이 터졌다.

결국 나는 남자다운 멋있는 모습을 하나도 보여주지 못하고 있었다. 달고나 뽑기는 완전히 실패했고, 경품사격도 한 발도 못 맞췄다.

노점의 끝.

아름다운 조명을 받아 빛나는 절이 있어서 우리는 참배를 하러 갔다. 세전함에 동전을 넣고 두 사람 모두 합장했다.

돌계단을 내려가며,

"무슨 소원 빌었어?"하고 내가 물었지만,

"비밀." 하고 말한 사쿠라는 가르쳐주지 않았다.

나와 사쿠라는 늘어선 노점 뒤를 지나 신사를 나왔다. 기분 좋은 꿈에서 깬 것 같은 적적함이 가슴을 쓰다듬었다.

"재밌었어. 그렇지?"

내가 말했다. 사쿠라가 고개를 끄덕인다. 누가 봐도 쓸쓸해 보이는 모습이었다.

"나중에 또 보고 싶다. 사쿠라의 유카타 모습."

끄덕이는 사쿠라.

"엄청 먹었지. 배부르다."

"있잖아, 다스쿠."

"응?"

"나 아직 집에 가고 싶지 않아……."

부끄러운 것인지 내 눈을 보지 않고 사쿠라가 말했다. 비닐 두루주머니 안의 금붕어가 물속을 둥실거리는 꽃잎 같았다.

"유원지도 축제도 갔지만 아직 가지 않은 곳, 남아있어."

나는 "응." 하고 맞장구친다.

"……다스쿠네 집, 가보고 싶어."

"집에 아무것도 없어."

"괜찮아."

"벌써 시간 많이 늦었고."

"엄마한테 있지."

하고 사쿠라가 드디어 고개를 들었다.

"다스쿠네 집 갔다가 혹시라도 자고 오게 되더라도 괜찮을까나 하고 물어봤더니, 괜찮다고……."

"그런 걸 물어봤어?!"

나도 모르게 치고 들어갔다. 역시 사쿠라는 천진난만하구나.

"……아?!"

사쿠라가 먼저 깨달았다. 땅 위에 뚝뚝 물이 떨어진다. 비닐 두루주머니에서 새고 있었다.

꽃잎으로 보였던 것이 이제는 평범한 금붕어로만 보였다.

혼자 사는 대학생이 살 법한 원룸.

무인양품에서 산 싱글베드, 검은 소파, 책장, 텔레비전, 그리고 테이블. 이 정도가 전부인 내 방.

뛰어들었다는 표현이 적절하다고 생각한다.

나와 사쿠라는 금붕어 두 마리의 목숨을 위해 방으로 뛰어 들어갔다. 일단은 유리컵이 부엌에 있어서 금붕어를 물과 함께 컵으로 옮겼다.

새로운 수조 속에서 금붕어 두 마리는 또다시 팔랑팔랑 헤엄치며 돌아다녔다.

"다행이다."

"진짜, 다행이야."

마치 금붕어 두 마리의 목소리를 대변하는 양 사쿠라와 나는 중얼거렸다.

"저기, 샤워 좀 할게. 엄청 땀 흘렸어."

사쿠라의 목덜미는 젖어 뒷머리가 찰싹 달라붙어 있었다. 손으로 부채질하는 모습이 힘들어 보였다.

나는 사쿠라를 탈의실로 안내했다. 목욕수건, 그리고 갈아입을 옷도 준비했다. 무지 흰색 티셔츠와 도트 무늬가 찍힌 반바지. 바구니 안에 넣어뒀다.

방을 정리하고 있자니 샤워 소리가 들려왔다.

창문을 열면 풍경 소리. 음색이 듣기 편안했다. 창문을 활짝 열었다. 하지만 벌레가 모이면 곤란하니 방 조명을 줄인다.

샤워 소리가 드라이어 소리로 바뀐다.

드디어 아무 소리도 안 들리게 됐다.

"하아~ 개운해." 하고 탈의실에서 사쿠라가 나왔다. 내 티셔츠와 반바지는 마른 여자아이에게는 너무 큰 모양이다. 어울리지 않는 모습이 오히려 귀엽다.

사쿠라는 소파 앞바닥에 무릎을 꿇고 두 다리를 W모양

이 되게 바깥쪽으로 빼서 앉는, 여자아이가 흔히 하는 자세로 앉았다.

소파에 앉아있는 내 쪽에서는 사쿠라의 머리카락이 손에 닿는 위치에 있었다. 만져보니 아직 덜 말랐다.

"축축해."

사쿠라는 콧노래를 부르고 있다.

"감기 걸려."

움직이려고 하지 않는 사쿠라. 하는 수 없이 내가 탈의실에서 드라이어를 가지고 와서 사쿠라의 머리를 뒤에서 말려준다. 아! 하고 놀라 소리를 낸 사쿠라도 금방 포기한 모양인지 드라이어의 온풍과 머리에 닿는 내 왼손에 마음을 허락했다.

사쿠라는 기분 좋은 모양인지 눈을 감았다.

드라이어를 멈추자 사쿠라가,

"이렇게 호강할 줄 알았으면 아예 안 말리고 나오는 건데……." 같은 분하다는 투로 말하는 게 재미있었다.

"다음에 또 해줄게."

나는 사쿠라의 머리를 가볍게 쓰다듬었다. 방심하고 있었는지 사쿠라는 부끄러운 듯 가는 어깨를 움츠렸다.

"사쿠라, 목 안 말라?"

"······말라."

"자판기에서 주스 사 올 건데 같이 갈래?"

자동차 한 대가 겨우 지나갈 만큼 좁은 골목을 사쿠라와 걸었다.

아스팔트에 뒤섞인 유리 조각이 달빛을 받아 반짝반짝 빛난다. 멀리서 들려오는 아련한 큰북 소리. 낮게 울부짖는 것 같은 소리에 경쾌하고 시원시원한 사쿠라의 나막신 소리가 겹쳤다. 여름의 풍물 소리가 마음을 충만하게 만든다.

"유원지도 축제도 재미있었지만 이렇게 다스쿠 집에서 자판기까지 가는 길이 가장 행복할지도 모르겠어."

사쿠라가 지금 이 순간을 곱씹으며 말했다.

"손."

하고 내가 말하자 사쿠라가 한 손을 내밀었다. 나는 그 손을 잡고 깍지 꼈다. 사쿠라가 너무나 소중하게 느껴졌다.

화장기 없는 사쿠라의 옆얼굴이 아름다워서 슬쩍, 슬쩍, 바라봤다.

걸음을 멈추고 싶지 않아서 우리는 멀리 떨어진 자판기

까지 가버렸다. 집보다 역 쪽에 가깝다.

"앞으로는 여기서 만나자~ 응?"

뜬금없이 사쿠라가 제안했다.

"이 자판기 앞에서?"

"응."

찾기 힘들지는 않을까 싶어도 지금 이 기분을 깨고 싶지 않아 나도 "알았어."라고 대답했다.

나는 콜라를 사고 사쿠라는 환타를 샀다. 돌아오는 길은 사쿠라가 앞장섰다. 흔들리는 그녀의 머리카락에서는 내가 쓰는 샴푸 냄새가 났다.

베란다로 나와 화분에게 물을 주는 나.

풍경 소리.

활짝 연 창문.

테이블 위에는 빨간 금붕어가 든 유리컵.

웅크리고 앉아 바라보는 사쿠라.

의식해서 눈꺼풀을 깜빡여보면 시야에 들어오는 모든 순간이 잘려나간 사진처럼 뇌리에 남았다. 나는 이 사진을 쭉 소중히 간직하고 싶었다.

막차가 끊긴 사쿠라는 그날 밤 내 방에서 묵게 되었다.

싱글베드를 사쿠라에게 양보한다.

나는 바닥에 요를 깔았다.

벽에 붙은 스위치를 탁 하고 눌러 방의 불을 껐다. 이제 거의 모든 게 보이지 않았다.

문득 떠올린다.

사쿠라가 처음으로 밤을 무서워하지 않는다는 사실.

"……다스쿠?"

나는 옷장을 열어두었다. 어둠 속에 손을 슬쩍 뻗는다. 끈 하나를 잡는다. 손을 더듬어 머리 부분을 찾아 잡아보니 아직 쭈그러들지 않았다. 어젯밤 독서등용으로 부풀려 놓은 야광풍선이었다.

나는 야광풍선에 불을 켰다.

방 안이 연한 빛으로 가득 찬다. 바라보고 있기만 해도 기분이 좋아진다. 마치 서먹서먹했던 밤이 같은 편이 되어준 것만 같은 빛이다.

"……이쁘다."

사쿠라는 처음으로 야광 애드벌룬을 봤을 때처럼 중얼거렸다.

"이거 야광풍선이라고 하는 거야."

내가 고등학교 교문 앞에서 야광풍선을 건네줬을 때처럼 사쿠라는 웃어주었다.

"짝퉁 달이네."

"싫으면 다시 줘."

"시러."

둘이 함께 웃었다. 왠지 모르게 말을 주고받은 게 그리운 기분이 들게 한다.

"이 야광풍선, 요즘 커플 사이에서 인기야. 다스쿠, 알고 있었어?"

"응? 몰랐는데."

"즐기는 법이 새로 나왔다구. 뭐였더라, 커플이 함께 끈을 들고 있는데. 그런 다음에 하나, 둘, 하고 위로 던지는 거야."

"응."

"그걸 하면 커플이 행복해진대."

사쿠라가 하고 싶다는 눈으로 나를 본다. 다음에 같이하자, 응? 그렇게 나를 바라본다.

나도 사쿠라를 바라본다. 눈을 피하면 지는 눈싸움이라도 하듯. 야광풍선이 흔들린다. 나와 사쿠라는 동시에 웃음을 터트렸다. 두 사람 사이에 있던 거리가 사라져버려서 우리는 키스를 해버렸다. 눈을 살짝 뜬다. 방 안에 밝은 무언가가 흔들린다. 우리는 이 행복에 몸을 맡겼다.

사쿠라는 미래 이야기나 장래 이야기를 하는 데 흥미가 없었다.

대학에 갈 것인지. 장래 뭘 하고 싶은지. 그런 질문을 내가 하더라도 사쿠라는 제대로 대답하려고 하지 않았다.

"으~음, 어떻게 되려나?"

적당히 흘려 넘기거나.

"앞으로 어떻게 될 지 어떻게 알아?"

도망가거나.

내가 조금이라도 더 파고들려고 하면 큰일 난다.

"다스쿠랑 상관없잖아! 묻지 마!"

이렇게 진심으로 화를 낸다.

뭐, 화를 낸 다음에는 항상 사쿠라가 먼저 "미안해요." 하고 바로 사과하기는 하지만.

사쿠라는 예를 들어 내년 가을이나 겨울 같은, 그런 가까운 미래에 대해 이야기하는 것도 싫어했다. 이건 나도 솔직히 충격이었다.

교직원 채용시험이 끝나고 상황이 정리되면 나는 사쿠

라랑 가을에는 교토에 가거나 겨울에는 눈 조각을 보러 홋카이도에 가거나 하는 것도 나쁘지 않겠다고 생각했다. 그런 내 이야기를 사쿠라는 진지하게 들으려고 하지 않았다.

혹시 사쿠라는, 내가 사쿠라를 여자친구로 소중히 여기는 만큼 사쿠라는 나를 좋아하지 않는 게 아닐까 하는 불안감이 들기도 했다.

나는 아무래도 이성적으로 행동해야 한다는 사실을 살짝 잊은 모양이었다.

사쿠라를 너무 가까이하고, 사쿠라의 반응에 일일이 겁먹고 있었다. 이래서는 안 된다고 생각했다. 나답지 않다.

그런 생각에 사쿠라에게 거리를 좀 두려고 하면 거꾸로 사쿠라가 거리를 좁혀왔다.

전보다 훨씬 많이 '좋아해'라는 메시지를 보내거나 여태까지 내가 신경 쓰느라 말하지 못한 '보고 싶어' 같은 대사도 전화할 때 입에 올리기도 했다. 그래서,

"그럼 볼까?"

하고 내가 말하면,

"지금은 조금 무리."

하고 사쿠라가 초조하게 만드는 말을 한다. 안절부절못했다. 사쿠라는 그렇게 순간순간 변덕스러운 기분으로 '보

고 싶어.'라고 쉽게 입에 올리는 것이다. 나를 소중히 생각하는 것인지 아닌지 전혀 알 수 없었다.

그런 사쿠라와 오랜만에 만나기로 했다.

6월 마지막 날이다. 연기되지 않았다면 시부야 거리가 정전의 밤을 맞이했을 날이다.

만나기로 한 장소는 내 방에서 걸어서 갔던 자판기 앞. 솔직히 나는 불안했다. 역에서 자판기로 가는 방법을 사쿠라가 제대로 파악하고 있는지.

"저기, 그냥 역 개찰구 앞에서 만나는 게 낫지 않아?"

내가 메시지를 보내자 사쿠라는,

[시러! 그 자판기 앞이 좋아.]

고집쟁이라고 해야 할까, 어리광쟁이라고 해야 할까, 평소 모습과는 다르다고 생각했다.

나는 적어도 먼저 도착해서 기다리고 있어야겠다고 생각했다. 생각은 그렇게 했는데도 깜빡했다. 집을 나섰을 때는 약속 시각인 밤 7시가 이미 넘었다.

좁은 골목길을 달렸다. 갈림길에서 꺾어 들어가면 자판기다.

그곳에 사쿠라의 모습이 있을 것이라 기대하고 나는 갈

림길을 꺾어 들어갔다. 그런데 사쿠라는커녕 자판기조차 없었다.

자판기는 철거된 모양이었다.

자판기의 하얀 빛이 없는 것만으로도 그곳은 완전히 다른 장소로 보였다. 안 좋은 예감이 들어 스마트폰을 보니 전화가 잔뜩 와 있었다. 메시지도 와있다.

[자판기 안 보여……]

[길 잃었어…… 어떡하지? 무서워.]

[빨리 보고 싶어]

[큰일 났다! 배터리 다 됐다]

아직 근처를 걷고 있을 터. 그렇게 생각하고 사쿠라를 찾아다녔다.

이렇게 긴박한 상황에서 나 스스로가 생각해도 이해가 안 갔지만, 사쿠라와 처음 만났던 날 밤에 있었던 일이 그리운 추억으로 떠올랐다.

그때 우리는 '연인'이 아니었다.

그렇다고 '친구 사이' 같은 느낌도 아니었다.

관계가 없지는 않지만 그렇다고 아직 아무 관계도 아니었던 그날 밤. 그때 우리 관계에 어울리는 말을 굳이 고른다면 아마 "다음에 봐요."가 아니었을까?

그 말이 "내일 또 보자."가 어울리는 연인으로 지금은 변했다. 나는 사쿠라를 또다시 만날 수 있는 지금이 너무나 기쁘고 행복했다.

그렇게, 한 줄기 빛이 내 눈에 들어왔다.

가로등도 자동차 헤드라이트도 아니다. 훨씬 연한, 고독한 사람의 마음을 비추는 그런 빛이었다. 이끌리는 대로 걸어간다. 그 끝에 있는 것은 야광풍선. 가는 끈은 버림받은 고양이처럼 웅크리고 떨고 있는 여자아이 손에 쥐어져있었다. 눈앞에 서자 그녀는 고개를 들었다. 나는 사과했다.

"기다리게 해서 미안."

내게 안기며 울음을 터트리는 사쿠라.

"몰라! ……다스쿠랑 못 보는 줄 알고……, 얼마나 무서웠다고, 불안하고……."

못 만나는 일 절대 없으니까. 걱정하지 마. 내가 귓가에 상냥하게 속삭였다. 그러자 사쿠라의 숨소리가 조금씩 안정되어갔다.

그녀를 꼬옥 안으며 알아차린다. 전에 만났을 때보다 훨씬 말라있다.

몸을 뗀다.

쇄골이 뚜렷하게 드러나 있다. 안색도 어딘가 안 좋다.

이상하게도 사쿠라는 몸 상태가 안 좋은 만큼 생명력이 가득 차 보였다. 만지지 않아도 촉촉하게 생기 있다는 사실을 알 수 있는 피부. 그 표면은 지금 이 순간의 하늘을 비추듯 연한 남색으로 빛나고 있었다. 나는 그 손을 잡았다. 밤하늘을 만지는 것만 같았다.

"울었더니 목말라."

장난스러운 말로 괜찮다고 안심시키려는 사쿠라.

나는 사쿠라의 손을 잡고 걸었다. 너무나 가볍다. 손을 놓으면 사쿠라가 야광풍선과 함께 밤하늘로 사라져버릴지도 모를 것만 같은 기분이 들었다.

주스는 두 개 모두 다른 자판기에서 샀다. 방 문을 열고 베란다 울타리에 야광풍선 끈을 묶었다. 뺨이 여름 밤바람으로 차갑다.

야광풍선의 연한 불빛을 등으로 받으며 우리는 창가에 나란히 앉았다. 손에 든 페트병 표면은 물방울이 가득 맺혔다. 물방울끼리 서로 이어져 아래로 흐른다.

나는 주스를 마시다 흘려서 오른팔을 적시고 말았다. 급히 닦으려고 하자 사쿠라가 내 오른손을 잡았다. 그리고 작은 혀로 내 오른팔을 핥기 시작했다. 놀이라고 생각하는 것인지 아니면 장난치려는 것인지. 어찌 되었든 사쿠라는 정신없이 집중했다.

"달아."

사쿠라가 중얼거린다.

"간지러워."

내가 에둘러서 그만하라고 했다. 하지만 사쿠라는 그만두지 않고 혀를 계속 움직였다. 그 눈은 어딘가 모르게 공허했다.

"오늘 사쿠라 좀 이상해."

내가 삐친 듯 말했다.

그러자, 이번에는 내 위로 올라탔다. 나를 바닥에 찍어 누르는 꼴로.

사쿠라가 먼저 입술을 덮쳐온 것은 처음이었다. 게다가 혀까지 입안으로 넣어왔다. 사쿠라의 혀는 차갑고 주스 맛이 났다.

나는 사쿠라의 어깨를 부드럽게 잡고 천천히 뗐다.

"좀 진정해."

내가 말했다.

"다스쿠."

"응."

"나, 다스쿠랑 자고 싶어."

역시 오늘 사쿠라는 이상했다.

"진정하라니까."

"진정하고 있어. 냉정해. 하지만 서두르고 있어."

"무슨 일인데?"

풍경이 울린다. 밤바람이 들어와 사쿠라의 부드러운 머리칼 끝을 흔들었다.

"나에게는 더 이상 시간이 없어."

사쿠라의 말에는 차분한 박력이 깃들어있었다. 부탁이야. 그렇게 말하고 다시 입을 맞추었다.

시야 구석에 빨갛고 작은 게 들어왔다. 헤엄치는 빨간 금붕어 한 마리였다. 다른 한 마리는 어제 죽고 말았다.

샤워를 마치고 방으로 돌아왔다.

사쿠라는 침대 위에 무릎을 안은 채 앉아있었다. 사쿠라와 마주 앉으려고 나도 똑같이 앉아보았다. 따라쟁이, 라는 사쿠라. 나는 다리를 펴고 사쿠라에게 다가갔다.

그런 건 서둘러서 할 일이 아니야.

그렇게 생각하면서도 사쿠라의 블라우스 단추로 손을

가져간다. 하나하나 단추를 푼다. 그때 문득 사쿠라의 얼굴이 눈에 들어온다.

"무서워하고 있잖아."

내가 사쿠라에게 말했다.

사쿠라는 "안 무섭다니까." 하고 강한 척 해 보인다. 나는 입을 맞추며 마지막 단추를 풀었다.

"……어루만져줘."

사쿠라가 말했지만 나는 그 이상 나아갈 생각은 없었다. 사쿠라의 손이 떨리는 것을 그저 볼 수만은 없었다. 그녀 스스로가 아직 마음의 준비가 되어있지 않은데 몸을 섞을 수는 없다. 사쿠라를 뒤처지게 두는 일은 하고 싶지 않았다.

떨리는 사쿠라의 손을 잡고 나는 말했다.

"나는 사쿠라가 소중해. 그러니까, 지금은 못 해."

사쿠라는 입을 꼭 다물었다. 내 눈을 파헤치듯 바라본다. 나는 말을 이었다.

"기다리자. 나는 기다릴 수 있어."

"……그렇겠지."

끈이 끊어진 꼭두각시 인형처럼 사쿠라의 입가가 풀렸다.

"미안. 뭐랄까, 나 너무 서둘러서 꼴사나운 거 같아."

사쿠라가 펼쳐진 셔츠를 두 손으로 당겨 몸을 가렸다. 나는 사쿠라가 기운이 나도록 꼭 안아주었다. 나와 같은 냄새가 나는 머리칼을 쓰다듬는다.

"언제든 또 만날 수 있잖아."

우리는 연인이니까.

둘이서 같이 행복한 기분을 맛보고 싶어서 베란다로 나갔다. 울타리에 묶어둔 야광풍선을 같이 들고 하나, 둘, 하고 밤하늘로 띄워 올리려고 했다.

그런데 베란다는 어두웠다. 흔들리는 야광풍선은 이미 그 자리에 없었다. 우리가 모르는 사이 날아가 버리고 말았다.

나와 사쿠라는 같이 침대에 누워서 잤다. 숨소리가 들리지 않아 걱정된 나는 사쿠라의 입가에 손을 가져다 댔다. 따뜻하고 축축한 숨이 손등에 걸렸다.

사쿠라가 이 세상에 살아있다는 사실에 나는 감사했다.

문득 나와 사쿠라의 연애가 거짓말을 바탕에 깔고 있다는 사실을 떠올렸다. 거꾸로 말하면 여태까지는 잊고 있었다. 나는 사쿠라에게 성실하게, 진심으로 대하고 싶었다. 하지만 거짓말 위에 선 채로는 둘 다 불가능했다.

다음날부터 나는 사쿠라와의 관계를 다시 한번 곱씹어 보게 되었다.

거짓말에서 시작한 지금의 연애를 한번 청산하고 싶다.

그리고 처음부터 다시 시작하고 싶다.

그렇게 생각했다.

사쿠라가 어떤 반응을 보일까? 화를 낼까? 용서해줄까? 그런 것을 계속 고민했다.

그때도 나는 밤의 옥상을 혼자 맴돌며 두 사람의 연애에 대해 생각했다. 하지만 사쿠라로부터 받은 메시지에 발이 멈추었다.

[진짜 진짜 좋아해. 공부 힘내.]

아무런 문맥도 없이 날아든 달콤한 말에 나는 자신을 얻었다.

사쿠라가 '진실'을 알더라도 내게서 멀어지는 일은 없을 것이다. 사쿠라는 나 없이는 못 산다. 그 정도로 나를 좋아한다.

그런 식으로 나는 내 멋대로 해석했다.

"시험이 끝나면 하고 싶은 말이 있어. 만날까?"

내 메시지에 사쿠라는,

[보고 싶어]

라고 답장했다.

교직원 채용시험 D-7을 넘기자 일하는 시간 말고는 집에 틀어박혀 공부에만 열중했다. 식사도 거르고 밤새서 공부하다 감기에 걸렸을 때는 전화로 사쿠라에게 혼났다.

시험 당일은 일요일이었다. 사쿠라가 시험장까지 배웅을 와 주었다. 사쿠라는 봉투를 내게 건네며, "자. 부적." 하고 말했다.

"부적?"

"시험 보기 전에 봐."

시험장에 들어가 내 자리를 찾아 앉자 긴장돼서 목이 말랐다. 그만큼 손바닥은 땀으로 젖었다. 도움을 청하기라도 하듯 사쿠라에게 받은 봉투 안에 든 것을 꺼냈다. 나온 물건은 야광풍선의 소원종이 부분이었다. 야광펜으로,

[끝나면 같이 밥 먹으러 가자!]

하고 쓰여 있었다.

부적이라면 [합격기원]이라던가 [노력은 배반하지 않는다] 같은 말이 더 어울리지 않으려나? 정말이지 한 방 먹

었다. 이런 생각을 하면서도 나는 사쿠라의 부적을 소중히 쥐었다.

덕분에 긴장하는 일 없이 시험에 도전했다.

잘 봤다는 느낌도 충분히 들었다.

시험 결과는 한 달이나 걸려서 나온다.

사쿠라와 만나고 싶었다.

그냥 만나는 게 아니다.

이야기하고 싶다. 그저 이야기하기 위해 만나고 싶다. 지금까지 사쿠라에게 숨겨왔던 '진실'을 말한다. 그저 이것만을 위해 만나고 싶다.

사쿠라는 아마, 아니, 무조건 당혹스러워한다. 울지도 모른다. 아니면 화내겠지. 한동안 말 한 마디 안 하려고 하겠지. 하지만 결국에는 아마도, 아니, 무조건 용서해 줄 것이다.

"언제 볼 수 있어?" 하고 내가 메시지를 보냈다.

아침이었다. 바로 '확인'표시가 뜬다. 나는 변화를 기다리며 스마트폰을 바라보았다.

평소에는 서두르지 않는데, 이상하다. 기다리지 못하는 내가 있었다.

"오늘 밤은? 옥상으로 와."

대답을 기다리지 못하고 보냈다. 보내버렸다. 손가락이 말을 듣지 않는다. 스스로가 불쌍하다고 생각할 여유조차 없이 나는 사쿠라의 대답이 그리웠다.

그런데 나중에 보낸 메시지에는 '확인'표시가 뜨지 않았다. 이제 와서 밀당이라도 할 생각인걸까? 나는 추측해본다.

안절부절못하고 그날 밤은 아르바이트 출근을 평소보다 빨리 했다.

전철을 타고 가면서 창문 너머로 달을 바라보았다. 한동안 달이라고 보고 있던 것이 알고 보니 누군가의 야광풍선이라는 사실을 깨달았다. 어쩌면 행복을 비는 남녀가 밤하늘로 띄워 올린 것인지도 모른다.

빌딩 외부계단을 올라갈 때도 하나 더 발견했다. 야광풍선이 밤하늘에 빨려 들어간다. 또 한 커플, 행복해졌다.

그렇게 나는 옥상으로.

밤하늘 아래에서 마음의 여유를 가지고 스마트폰을 열자고 결심했다…… 고 생각했는데, 기분이 앞질러 자칫하면 스마트폰을 떨어뜨릴 뻔했다. 어찌되었든 나는 겨우 사쿠라가 보낸 답장을 확인했다.

[거짓말쟁이]

거리의 소음이 들리지 않는다.

[기억났어. 우리 사귀는 거 아니었어. 다스쿠 믿었는데.]

[앞으로 절대 만나고 싶지 않습니다.]

[안녕.]

☽

마치 안갯속에 빠진 기분이었다.

때때로 괴로움에 목이 막혔다.

사쿠라에게 차인 걸 믿을 수 없었다. 믿을 수 있을 리가 없었다. 우리는 그렇게 서로를 좋아했고 사랑했으니까.

그날 밤은 일이 손에 잡히지 않았다. 기구에 흔들리는 모습이나 야후의 문자 표시가 적절한가를 생각할 여유 따위는 전혀 없었다.

돌아가는 전철 안에서 나는 필사적으로 사쿠라의 오해를 풀려고 사실관계와 논리를 정리했다. 집으로 돌아가서는 정리한 생각을 바로 노트에 적었다. 메모를 바라보며 사쿠라에게 전화로 변명하자고 생각했다.

몇 번이고 전화를 걸었지만 사쿠라는 전혀 받지 않았다. 밤늦게 전화해도 안 받는 일 따위 한 번도 없었는데.

오퍼스로 사쿠라에게 메시지를 보냈다.

"미안."

"제대로 설명하고 싶어."

"연락 기다릴게."

보낸 순간부터 이상한 약이라도 먹은 양 심장 소리가 커졌다. 몸 안에 흐르는 혈액이 뜨거워서 어떻게 해서든 식히지 않으면 죽을 것 같아 밖으로 나왔다.

멈춰 서서 방금 보낸 메시지를 확인했다.

그러자 메시지에 '확인'표시가 붙었다.

읽어줬어. 그저 읽어줬을 뿐인데도 구원받은 기분이 든다.

사쿠라는 '확인'표시가 붙으면 바로 답장을 보낸다. 본래 그런 아이였다. 그래서 스마트폰에서 눈을 떼지 못했다.

그런데 아무리 기다려도 답장이 오지 않았다.

바쁜지도 몰라.

그렇게 생각하기로 하고 나는 방으로 돌아가 먼저 샤워부터 했다. 샤워 물줄기를 뒤집어쓰는 동안에도 사쿠라는 분명 답장할 것이라고 기대했다.

그날 밤 사쿠라에게 답장이 오는 일은 없었다.

내일 아침에는 오겠지. 점심때 쯤에는. 밤에는. 그렇게
기대해도 사쿠라로부터 답장이 오는 일은 전혀 없었고 결
국 나는 사쿠라의 오퍼스 프로필 페이지를 열었다. 실은
불안하다고 사쿠라의 근황을 훔쳐보는 짓은 하고 싶지 않
았다.

그러자, 사쿠라는 내게 답장을 보내는 일은 미루고
〈SNS글〉을 몇 개 올렸다. 나는 떨리는 손끝으로 화면을
스크롤했다. 어젯밤 글부터 읽기 시작한다.

〉〉 안녕.

이라는 〈SNS글〉은 내가 옥상에 있을 때쯤 올렸다. 그리
고 이어서,

〉〉 이제 다 정리됐어.

〉〉 아, 오늘 아메토-크 재밌을 듯

같은 〈SNS글〉이 내 눈으로 날아 들어온다. 가슴을 손으
로 누른다. 믿을 수 없었다. 나를 찬 다음 날 아침부터 예
능방송 생각을 하고 기대하고 있다니.

나는 거친 숨을 몰아쉬며 화면을 계속 스크롤 했다. 그
러자 더욱더 보고 싶지 않은 〈SNS글〉이 내 눈을 찔렀다.

≫오늘 나랑 놀 사람~?

사쿠라는 이미 나 따위 생각도 하고 있지 않았다.

여태까지 내가 해온 연애가 그랬듯이 나는 사쿠라에 대해서도 일정한 거리를 두고 사귀고 있었다. 그렇게 생각했다.

그런데 이번에는 어쩌면 그 거리를 제대로 읽지 못했는지도 모른다.

사쿠라가 내 앞에서 사라진 지금, 나는 완전히 무너져 내렸다. 식욕도 없고 기력도 없다.

나는 스스로를 항상 이성적으로 생각하고 냉정하게 행동하는 사람이라고 생각했었다. 감정에 휘둘리는 일이 없도록.

그런데 지금의 나는 냉정은커녕 미련이 덕지덕지. 정신을 차리고 보니 사쿠라가 답장을 보내기를 기대하며 오피스를 켜놓고 있다.

나와 관계없는 즐거워 보이는 사쿠라의 〈SNS글〉 하나하나가 비수처럼 변해 내 가슴을 깊숙이 후벼 팠다. 아파서 견디지 못하겠는데도 그녀의 〈SNS글〉을 안 볼 수가 없었다. 그런 내가 싫어진다.

사쿠라는 정말로 나를 잊어버린 것일까?

차인 상대에게 메시지를 계속 보내는 것 같은 꼴사나운 짓은 안한다. 그런 짓은 못한다. 나에게도 자존심은 있다.

나는 사쿠라의 〈SNS글〉 가운데 적당한 것을 골라 '좋아요!'를 눌렀다. 나를 기억하는 계기가 되었으면 했다.

그러나 점점 무서워져서 바로 '좋아요!'를 취소한다.

나 자신도 내가 지금 뭘 하고 싶은 것인지 잘 모르겠다. 어떻게 하면 이 고통에서 벗어날까? 생각하고 생각하고 또 생각했다.

그리고 한 가지 결론을 내렸다.

사쿠라에게 차인 것을 인정하고 받아들이는 것.

그렇게 한순간 안개가 걷히듯 시야가 맑아졌다. 하지만 대신에 슬픔의 윤곽도 더욱 확연하게 드러나 내 마음을 짓눌렀다.

뭘 해도 괴롭고, 슬펐다.

수업 중에 분필을 떨어뜨린 것도 처음이었다. 학생들이 걱정해주었다. 걱정해준 사람은 학생만이 아니었다.

"요코모리 선생님. 요코모리 선생님."

"……아, 네."

교무실. 사에키 선생님이 내 책상 옆에 섰다.

"요새 기운이 없으신 것 같은데, 괜찮으세요?"

"죄송합니다. 괜찮아요."

어떻게 여고생과 사귀다가 실연해서 슬프다 같은 말을 감히 꺼내겠는가?

또 밤의 옥상에 있을 때도.

〉〉 요즘 선생님이 글을 안 올리네?

〉〉 살아는 있나?

〉〉 어~이 벌룬 선생님.

이쪽 〈생도〉들도 걱정시켜버렸다.

본사에서 전화가 걸려온다. 내가 보고를 깜빡하고 넣지 않아서였다. 내가 기운 빠진 목소리로 말하자 마케팅 팀 여성도 역시나 걱정해주었다. 그러나 나는 대답도 어물어물하며 전화를 끊어버렸다.

목소리를 내고 싶지 않았다. 되도록. 말을 하면 피곤해진다. 피곤해지면 슬픔이 틈을 노리고 끼어들어 나를 지배하려고 한다.

나는 옥상에서의 일을 마치고 전철을 타는 대신 거리를 터덜터덜 걸었다. 이상하게도 누군가에게 부딪치고 싶은 기분이었다. 사람에게 부딪쳐 사람을 느끼고 싶었다. 의미도 없이 대각선 횡단보도를 마구 건너댔다.

츠타야 앞에 선 '프리허그(Free Hug)'라고 쓴 플래카드로 빨려 들어가 플래카드를 들고 있던 예쁜 백인 여성과 허그했다. 향수 냄새가 강해 바로 몸을 뗐다만.

시부야 거리를 걸으면서 행인에게 별명을 붙인다.

선글라스.

코 피어싱.

찢어진 청바지.

나쓰메 소세키가 어느 소설 속에서 등장인물 남자를 '빨간 셔츠'라고 불렀듯.

핑크 아프로헤어. 뾰족 부츠. 루이뷔통. 위장무늬 탱크톱. 밀짚모자. 밴드 티셔츠. 알로하 셔츠. 파란 유카타. 목덜미. 귓불. 전등 스탠드. 선전차. 노랫소리. 거리 텔레비전. 신호. 빨강. 검정. 클랙슨. 검정…… 검정. 아무것도 안 보인다.

눈을 감고 있었다. 가드레일을 붙잡고 쭈그리고 앉으면서.

편의점에서 술을 사서 옥상으로 돌아온다.

울타리에 등을 대고 엉덩이에서 발뒤꿈치까지 전부 바닥에 내던지듯 앉아 맥주를 벌컥벌컥 마신다. 눈을 감고 알코올이 오장육부에 스며드는 것을 느낀다.

살짝 눈을 뜬다.

그러자 방금까지 어둠이 무겁게 깔려있던 옥상에 아름다운 별이 가득히 반짝반짝 빛났다. 너무나 아름다운 광경이었다. 가까이 있는 별을 손으로 퍼 올려본다. 입자가 곱고 모두 빛으로 촉촉하다.

멀리서 한 마리 작은 고양이가 다가온다. 허벅지에 올라와 내 오른팔 상처를 작은 혀로 할짝할짝 핥는다. 나는 고양이 등에 별의 부스러기를 얹고 부드럽게 쓰다듬는다. 그러자 고양이가 황홀한 표정을 짓는다.

그 순간 꿈에서 깼다.

까랑, 까랑, 다 마신 맥주 캔이 옥상을 굴러다녔다.

심야 라디오에서 스피츠의 '차가운 뺨'이 흘러나온다.

A 멜로디에서 시작해 후렴으로 들어간다. 그리고 곡 마지막에 A 멜로디로 끝난다. 후렴을 예상하게 만든 채 끝나는 것이다. 마치 나와 사쿠라의 사랑처럼. 우리 사랑은 아직도 수많은 예감으로 가득 차 있었다고 생각한다.

라디오를 끄고 스마트폰을 책상 위로 꺼낸다.

사쿠라의 오퍼스 프로필 페이지에 오랜만에 뛰어들어가지 않았다. 그녀의 〈SNS글〉을 눈으로 보고 가슴 아파하기

싫었기 때문에.

하지만 참지 못하고 보고 말았다.

나는 아연실색했다.

〉〉 큰일 났다. 벌써 보고 싶어.

〉〉 다음에는 언제 보고 싶을까?

……그런 〈SNS글〉 다음에 한 건의 사진이 붙은 〈SNS글
〉이 올라와 있었다.

'기념일'

이라는 해시태그가 붙어있었고 사진에는 도로에 길게
늘어진 사람 그림자. 하나는 사쿠라의 것이었다. 나머지
하나는 사쿠라보다 키가 크고 체격도 남성이 틀림없었다.
그림자만 보면 두 사람은 손을 잡고 있다.

나는 망연히 바라보다 못해 침대에 걸터앉아 눈앞의 하
늘을 바라보았다.

조금씩 상황을 파악하기 시작했다.

사쿠라는 나와 헤어져 벌써 새로운 남자친구를 만든 것
이구나.

정말로 나를 완전히 잊어버린 모양이었다.

슬퍼서 어쩔 줄을 모르겠는데, 이미, 뭐라고 해야 할지,
슬프지가 않았다. 슬프기는커녕 사쿠라의 기분이 이렇게

빨리 변하는 데에 어이가 없을 뿐이었다.

그 순간 나는 내 마음에 커다란 결착을 지었다.

사쿠라에 대해서 더 이상 기대해서는 안 된다.

사쿠라를 잊지 않으면 안 된다.

앞으로 사쿠라의 프로필 페이지는 절대 훔쳐보지 말자. 연락도 절대 하지 말자. 나는 오퍼스의 기능을 이용해 사쿠라의 계정을 '차단'했다.

교직원 채용시험의 1차 시험 결과가 봉투로 도착했다. 결과는 합격이었다. 2차 면접시험까지 앞으로 2주일이 안 되게 남았다.

나는 봉투를 손에 들고 방으로 돌아왔다.

전화가 울린다.

"선배임까?"

미토준이 건 전화다.

"오랜만."

"이야~ 오랜만임다. 잘 지내셨어요?"

"응. 잘 지내."

예전과 비교하면 정말로 잘 지내는 편이다. 나와 미토준은 서로의 근황을 두루뭉술하게 보고했다.

"내일 선배가 애드벌룬 당번임까?"

"응응. 무슨 일 있어?"

"아니, 내일 밤 라디오, 제가 리퀘스트 한 노래 틀게 됐는데 꼭 선배가 옥상서 들었으면 좋겠다~ 싶어서."

"무조건 들을게."

나는 미토준이 조연출을 하고 있다는 그 지방 방송국의 라디오 방송을 가끔씩 스마트폰 라디오 어플로 듣곤 했다.

"내일 기다리고 기다리던 계획정전이네요. 시부야."

"그러네."

연기된 끝에 드디어 '시부야구 계획정전'이 실시되는 것이다.

정전을 예정하고 있든 말든 야광 애드벌룬은 올린다. 정전 중에는 기구에서도 빛이 사라진다.

미토준은 이 계획정전에 편승해 '연인들의 계획'을 언급했다. 나는 바로 아 그거구나 하고 알아차렸다.

오퍼스에서 누군가가 '공유하기'를 해줘서 알고 있었다.

대정전의 밤에 연인들이 시부야에 모여 야광풍선을 일

제히 날리는 계획. 그러면 두 사람은 영원히 행복해지는 모양이다.

나는 어차피 사람도 얼마 안 모여서 실패하거나 중지될 게 뻔하다고 생각했다. 미토준은 그런 나를 로맨틱함이라곤 없네요, 하고 가볍게 비판했다.

"맞다, 여자친구랑은 잘 만나?"

그런 거 괜히 물었다. 미토준은 물 만난 물고기처럼 신나서 노도와 같이 떠들어댔다. 나는 듣다듣다 못 참고 전화를 끊었다.

다시 전화가 걸려온다. 귀찮게. 전화를 받으니,

"요코모리 씨, 오랜만입니다."

상대는 의외의 인물이었다.

"키노시타 쇼코입니다. ……기억하시나요?"

"네, 물론."

사쿠라와 안 본 지도 한 달이 지났다. 그녀의 기억이 떠오르는 일이 있기는 해도 횟수는 줄어들었다. 하물며 전 여자친구 어머니인 쇼코 씨에 대해서는 전혀 생각할 일이 없었다. 갑자기 걸려온 전화에 나는 마음속 깊이 놀랐다.

"사쿠라 일로 말씀드리고 싶은 일이 있어서. 만나 뵐 수 있을까요?"

쇼코 씨는 그렇게 말했다.

이제 와서 사쿠라에 대해 무슨 말을 한다는 건가? 우리
는 헤어졌다. 쇼코 씨도 당연히 알고 있을 터였다. 이야기
할 게 전혀 없다는 사실을.

"부탁드립니다."

양보하지 않는 말투로 쇼코 씨가 압박해온다.

"알겠습니다."라고 대답했다.

내일 점심때 쇼코 씨가 지정한 역에서 만나기로 했다.
밤의 애드벌룬 감시를 하러 가는 데에는 시간이 충분했
다.

쇼코 씨는 저번에 만났을 때보다 많이 쇠약해 보였고 흰
머리도 늘어서 몇 년 만에 만나는 느낌마저 들었다. 역에
서 나와 대면하자마자 쇼코 씨는 흰 머리를 감추려는 듯
손으로 머리를 쓸어 넘겼다.

"별일 없으시지요?"

마치 '쓸데없는 것은 서로 묻지 않기입니다.'라는 말을
들은 기분이었다.

나와 사쿠라가 사귀기 시작한 것은 쇼코 씨가 한 거짓말
이 계기였다는 것. 그 사실을 이제 와서 화제로 삼고 싶지

않은 것이다.

"네."

솔직히 나도 동감이었다. 지금에 와서 다시 화제를 데워 봤자 소용없다. 다 끝난 일이다.

"걸어서 10분 정도입니다만."

쇼코 씨가 역 밖으로 나가며 말했다.

"저기, 어디 말씀이신지?"

"집입니다."

이제 와서 사쿠라와 만나게 할 생각인 걸까? 아니, 설마 그건 아니겠지.

쇼코 씨는 도대체 무슨 생각을 하는 것일까? 나로서는 알 수 없었다. 나는 그저 조용히 쇼코 씨 뒤를 쫓아갔다.

주택지에 들어서 한동안 걷자 쇼코 씨는 발을 멈추었다. 여기입니다, 하고 말하고 단독주택 안으로 들어간다. 꽤 나 훌륭한 집이었다. 마당은 넓고 탁 트였다.

나는 정말 들어가도 괜찮으냐고 물었다. 그러자 나를 위 해 문을 잡아주고 있던 쇼코 씨가 네, 사쿠라와 만나주세 요, 하고 말했다. 그 말을 듣자 나는 침을 삼켰다.

이유도 모른 채 현관에서 구두를 벗고 집으로 올라갔다. 쇼코 씨는 입을 손으로 막으며 나를 다다미방으로 안내한다. 쇼코 씨가 울음을 터트리는 소리를 등으로 받으며 나는 다다미방 안으로 한 걸음 한 걸음 발을 끌듯이 들어갔다. 하지만 곧 다리에 힘이 풀려 그 자리에 주저앉고 말았다.

불단에는 사쿠라의 영정사진이 걸려있었다.

사쿠라가 목숨에 지장을 주는 병에 걸렸다는 사실을 알게 된 것은 올해 들어서부터라고 한다. 피와 뼈를 파고드는 병으로 의사에게는 여름을 넘기지 못할지도 모른다는 말을 들었다.

쇼코 씨는 사쿠라의 병에 대해 자세히 알려주지 않았다. 하지만 언제까지고 숨길 수도 없는 노릇이었다. 사쿠라 본인이 집요하게 물어보는 바람에 쇼코 씨는 사쿠라에게 심각한 병에 걸렸다는 사실을 알렸다.

사쿠라가 정신적으로 무너지기 시작한 것은 그때부터였다. 밤이 되면 죽음에 대한 공포심이 배로 늘어나 야간 실성증이 발병했다.

원래 사쿠라는 무엇이든 다 이야기하는 아이였다. 쇼코 씨에게 사랑의 고민을 털어놓는 일도 있었다. 따라서 쇼코 씨는 렌스케에 대해서도 알고 있었다. 사귀지는 않으나 사쿠라가 좋아하는 사람이고 매일 함께 하교하는 선배라고.

그런 사쿠라가 실성증을 앓고 나서부터는 밤뿐만 아니라 낮에도 가족과 대화를 하지 않게 되었다. 방에 틀어박혀 스마트폰만 만지게 되었다.

"그런 사쿠라는 당신과 만났습니다. 당신을 만나고 사쿠라는 변했습니다."

사쿠라는 나와 시부야에서 만난 단 하루 만에 실성증을 극복했다. 덕분에 사쿠라는 밝아졌다. 집에서도 밝아졌다. 사쿠라는 쇼코 씨에게 내 이야기를 잔뜩 들려주었다고 한다.

그러던 어느 날 병원에서 쇼코 씨와 의사의 대화를 사쿠라는 훔쳐 들었다.

자기가 구체적으로 얼마나 더 살 수 있는지를 알고 슬픔의 바닥으로 내동댕이쳐지고 말았다. 사쿠라가 자살미수를 한 날은 그날 밤이었다.

집 2층에 올라가 천장에 매달려 바로 늘어져 있는 전등의 코드로 목을 맸다고 한다. 하지만 매는 순간 천장에서 코드가 뽑혀나가 그대로 눈앞의 계단에서 굴러떨어졌다.

집에 돌아와 사쿠라가 계단 아래에서 웅크리고 있는 모

습을 눈으로 본 쇼코 씨는 바로 구급차를 불렀다.

사쿠라는 유서를 남겨두었다. 사쿠라는 지푸라기에 매달리는 심정으로 렌스케를 만나러 갔던 것이다. 그러나 렌스케에게는 이미 새로운 여자친구가 있었고, 사쿠라는 그 사실을 알고 다시 일어서지 못할 만큼 상처를 받고 말았다.

"사쿠라는 교통사고가 아니라 스스로 목숨을 끊으려고 했습니다. 기억을 일부 잃은 것은 그때의 충격에 의한 것이었습니다."

나는 그저 듣기만 했다.

"의식이 돌아온 사쿠라는 렌스케 군에게 심한 실연을 당한 사실 자체를 잊어버린 모양이었습니다. 하지만 병은 기억하고 있었습니다."

그렇다고 해도 언제 깨닫게 될지 모른다. 렌스케에게 실연해 절망했던 기억을. 그때 사쿠라는 다시 죽으려고 할지도 모른다.

하지만 그럴 때 사쿠라의 곁에 더할 나위 없이 소중한 연인이 있다면. 그 사람을 남긴 채로 죽지는 못할 것이다, 그런 연인이 한 명 있어 준다면. 사쿠라는 힘차게 살게 될지도 모른다. 쇼코 씨는 그 상대가 나 말고는 없다고 생각했던 모양이다.

사쿠라의 실성증을 단 하루 만에 해결해주었다. 그런 사람이라면 사쿠라를 분명 행복하게 해줄 것이라고 믿었다.

사쿠라가 계단에서 떨어지며 망가진 스마트폰의 수리가 끝나고 돌아오자, 쇼코 씨는 멋대로 스마트폰을 건드렸다. 그리고 오퍼스를 통해 나에게 연락을 보냈다. 실제로 만나 '딸의 연인이 되어주시지 않으시겠습니까?' 같은 말도 안 되는 부탁을 했다.

짧은 목숨이라는 사실을 안다면 승낙 안할지도 모른다. 그렇게 생각한 쇼코 씨는 사쿠라의 병을 일부러 숨겼다. 사쿠라가 교통사고를 당했다고 거짓말을 했다.

내게 거절을 당해도 쇼코 씨는 포기하지 않았다. 그런 연유로 결국 사쿠라에게 거짓말을 하기까지 이르고 말았다. 나와 사쿠라는 연인관계라고.

나는 더욱더 일어서지 못했다. 그렇다고 해서 영정사진 속 사쿠라의 얼굴도 보지도 못하고. 다다미를 말없이 바라보았다.

"사쿠라의 병은 점점 심각해져만 갔습니다만, 그 아이는 마지막까지 예뻤어요. 병을 전혀 느끼지 못할 만큼. 당신과 마지막으로 만났을 때도 사쿠라는 그렇게까지 쇠약

하거나 괴로워 보이지 않았을 겁니다."

분명 그랬다.

사쿠라는 언제 만나도 아름다웠다. 말랐다거나 건강하지 않은 느낌을 받은 적은 있어도, 그 느낌을 지워버릴 정도로 사쿠라는 생명력이 넘쳐흐르듯 아름다웠다.

"오늘 아침, 사쿠라의 스마트폰을 봤어요."

쇼코 씨는 내 곁에 웅크리고 앉았다. 그 손에는 사쿠라의 스마트폰이.

"그랬더니⋯ 당신과 찍은⋯ 즐거워 보이는 사진이⋯ 잔뜩 나오는 게 아니겠어요. ⋯⋯자, 보세요."

볼 수 없다, 지금은.

보면 정말로 다시 일어서지 못할 것이다.

"그거, 잠시만 빌려 가도 될까요?"

쇼코 씨는 고개를 끄덕이고 내 기분을 이해해주었다. 내 시선 끝에 사쿠라의 스마트폰이 조용히 놓였다.

계획정전은 오후 9시부터 한 시간 동안이다.

시부야역에서 전철을 내린다. 밤의 시부야는 지금까지도 그랬듯이 앞으로도 그럴 것처럼 수많은 빛으로 물들었다.

사쿠라의 죽음을 알게 된 충격에서 회복하지 못하고 생

각에 잠긴 채로 옥상에 올라가고 말았다. 나는 자동적으로 움직여 야광 애드벌룬 준비를 진행했다.

접이식 의자조차 준비하지 않고 옥상에 털썩 주저앉아 기구의 빛과 야후를 번갈아 보면서 감시한다.

하지만 바로 머리가 무거워진다. 위를 쳐다보는 것이 괴로웠다.

나는 사쿠라의 스마트폰을 주머니에서 꺼내들었다가, 넣었다가를 바보처럼 반복했다. 아직 안을 볼 용기가 없었다.

방울방울, 나는 사쿠라를 떠올리기 시작한다.

사쿠라는 '어른이 되고 싶어'라고 말했다. 그녀가 입원한 병원을 내가 찾아가 둘이서 옥상에 갔을 때 일이다. 나는 그런 사쿠라에게 '누구나 언젠가는 어른이 돼.' 같은 말을 내뱉고 말았다.

그 순간 이어폰에 흐르던 스피츠의 '차가운 뺨'은 멈췄다. 내 말을 들은 사쿠라가 멈춘 것이다.

사쿠라가 저도 모르게 음악을 멈춘 이유를 이제는 안다.

사쿠라는 자기가 어른이 되지 못하는 운명임을 알았던 것이다. 그래도 어린아이인 채로 죽고 싶지는 않았다. 그래서 내 말에 사쿠라는 상처받고 동요한 것이다.

그리고 사쿠라가 방으로 찾아와 나에게 다가왔을 때는 이렇게 말했다.

'나에게는 더 이상 시간이 없어.'

사쿠라는 자기 병의 진행 속도를 알고 있었다. 문자 그대로 시간이 없었던 것이다. 불안하고 무서워서, ……아니, 아니다. 사쿠라는 남은 시간이 얼마 남지 않았다는 사실을 알았을 때 순수하게 사랑하는 나를 만지고 싶다고 생각한 것이다.

시부야에서, 빛이 사라진다.

순간 나는 암흑 속으로 내팽개쳐졌다. 아무것도 보이지 않는다.

계획정전은 갑자기 시작됐다.

나는 달빛에만 의지해서 옥상의 윤곽을 찾아냈다. 밤하늘에 뜬 애드벌룬은 그저 검은 그림자가 되었다.

울타리에 손을 대고 주변을 돌아본다.

빛을 잃은 시부야는 내가 전혀 본 적 없는 거리였다.

역이나 전철 같은 일부를 제외하고는 거리에서 빛이 사라졌다. 사람들의 조용한 수군거림이 노이즈처럼 작게 울린다.

생각한 대로다.

연인들의 야광풍선 따위는 하나도 보이지 않았다.

스마트폰으로 라디오를 듣는다. 미토준의 방송이다. 젊은 인기 게닌 남자 콤비의 경쾌한 토크가 들린다.

"……자 그럼 바로 곡 틀어버릴까욧!"

"오! 벌써 가나요?"

"가자가자, 하고 자꾸 재촉하잖아. 조연출 미토준이. 오늘 곡, 미토준이 신청한 거라던데."

"호오. 그럼 ……관둘까?"

"안돼 안돼."

"하하."

"cero의 '대정전의 밤에*', 들어주세요."

미토준은 시부야 계획정전에 맞추어 일부러 '대정전의 밤에' 같은 제목의 노래를 나를 위해 틀어주었던 것이다.

언제부터 미토준이 이렇게 센스 있는 녀석이 되었을까?

밤이 뻗어나가는 느낌이 드는 감미로운 도입부. 도입부가 끝나자 남성 보컬의 아름다운 목소리가 넘쳐흐른다.

---

* 2004년 결성한 일본의 밴드 cero가 2011년 1월 26일 발매한 앨범 'WORLD RECORD'에 수록된 곡. 대정전의 밤에 편지를 쓰던 화자가 정전이 되자 창문을 열어 도시의 웅성거림을 듣는다는 내용

내 몸에서 상처받은 것, 뾰족한 것, 더럽혀진 것, 그런 것들이 모두 녹아내려 빠져나간다. 그렇게 남은 마음은 튀어나온 구석 없이 평온했다.

나는 사쿠라의 스마트폰을 꺼냈다.

지금이라면 안을 볼 수 있을 것 같다.

사진 폴더를 연다.

사쿠라가 숨어서 찍은 내 뒷모습이 잔뜩 찍혀있다. 전혀 알아차리지 못했다. 축제 때 사진이 제일 많았다. 경품 사격을 하는 나. 금붕어 건지기에 실패한 나. 내 손가락이 떨려온다.

나는 스마트폰을 홈 화면으로 되돌린다. 그때 눈에 들어온 오퍼스의 아이콘. 순간 든 충동으로 손가락을 탭했다.

표시된 것은 두 개의 계정.

하나는 내가 알고 있는 '키노시타'라는 닉네임이었다. 나머지 하나의 계정은 내가 모르는 것이다.

닉네임이 '밤은 눈부시게'였다. ……무슨 뜻인지 번뜩이지 않는 게 이상하다. 서로 떨어졌을 때를 대비해 나와 사쿠라가 정한 '암호' 가운데 한 부분이니까.

패스워드란에 '아름답다'라고 적어본다.

……로그인에 성공한다.

계정 프로필 페이지로 나는 들어갔다.

비공개 계정이었다. 그 어떤 〈SNS글〉도 다른 사용자에게는 보이지 않는…… 모양이었다. 분명 사쿠라의 '부계정'이었다.

사쿠라는 여기에 많은 말을 올렸다. 나는 라디오를 끄고 사쿠라의 목소리에 귀를 기울였다.

〉〉 무서워.

〉〉 밤이 진짜 무서워.

〉〉 병 문제 때문에 머리가 아파.

*

〉〉 '대정전의 밤도 분명 즐거울 거야'라네 누가.

〉〉 이 사람, 바보 아냐?

*

>> 메세지 왔다.

>> 어쩌면 좋은 사람일지도.

>> 말 상대가 되어주었다. 역시 좋은 사람이었어.

>> 밤을 안내해줘봤자 내 목소리는 안 돌아오거든요.

*

>> 엄청, 엄청…… 예뻤어.

>> 정말이네, 선생님.

>> 밤은 눈부시게 아름답구나.

*

>> 야광풍선, 엄마아빠가 보고 웃잖아. 선생님.

>> 그래도 고마워. 내일은 렌스케에게 꼭 말 걸어볼게요.

*

>> 그랬던 거야…….

>> 나랑, 선생님. 사귀는 거였어?

>> 미안해요, 전혀 기억 못해서.

>> 선생님한테 더 잘해줘야지.

*

>> 유원지 재밌었다.

>>이상해. 다스쿠랑 같이 있으면 아픈 것도 모르겠어.

〉〉 내가 신사에서 빈 소원은 '다스쿠가 시험에 합격하기를' 이었습니다.

＊

〉〉 다스쿠랑 같이 있으면 너무 행복해서 무서워져.

〉〉 이 행복이 끝나는 게 무서워.

〉〉 시험, 드디어 내일이네.

＊

〉〉 다스쿠, 공부 엄청 했으니까. 내가 봤어. 다스쿠라면 무조건 붙을 거야.

〉〉 부적. 재미있었으려나.

＊

〉〉 생각났어. 전부.

〉〉 다스쿠랑 나. 사귀기로 한 거, 전혀 아니잖아.

〉〉 나 렌스케한테 실연당해서 죽으려고 했었어. 하지만 못 죽어서 기억상실이 된 거야.

〉〉 다스쿠는 그런 나를 계속 지켜준 거였구나.

〉〉 나, 다스쿠 좋아해. 아주 많이.

〉〉 그치만, 다스쿠.

〉〉 나 아무래도 안 될 것 같아.

〉〉 몸이 아파서 말이야. 서 있기도 힘들어.

〉〉 다스쿠랑 헤어져야 해.

〉〉 다스쿠를 괴롭히고 싶지 않거든. 당신이 나를 좋아

해주는 동안 나, 못 죽어. 내가 죽은 뒤에도 나를 생각하
고 다스쿠가 괴로워하는 거, 절대, 안 돼.

　〉〉 아예 미움 받을 짓을 해야겠다.

　〉〉 다스쿠를, 찼다.

　〉〉 마음에도 없는 말을 해서 다스쿠를 밀어내버렸다.
거짓말쟁이라니, 그런 생각 전혀 안하고 있어. 난 다스쿠
에게 구원 받았는걸.

　〉〉 너무 많이 울고 있는 와중에 '이제 다 정리됐어.'라
니. 웃기고 있네, 나.

　〉〉 올린 사진. 그것도 진짜 아냐. 같이 찍은 그림자는
아빠. 새로운 연인 같은 거 없어.

　〉〉 내 연인은 다스쿠뿐이니까.

　〉〉 다스쿠, 상처받았겠지. 미안해요. 하지만 다 당신을

위해서야.

*

>> 나 필사적으로 살고 있어. 살려고 하고 있어.

>> 다스쿠가 있는, 사랑하는 사람이 있는 이 세계를, 인생을, 스스로 끝내는 짓은 더 이상 하고 싶지 않아. 절대로.

*

>> 나, 다스쿠 덕에 강해졌어.

*

>> 다스쿠, 나는 당신과 만나서 당신의 연인이 될 수 있어서 정말 행복했습니다. 당신은 내게 밤이 눈부시다는 것도 아름다운 것도 그리고 숭고하다는 것도 알려줬죠. 산다는 건 행복한 거구나…… 같은 생각을 하게 된 것도

당신과 지낸 시간 속에서 느끼게 된 일이에요.

다스쿠의 수업을 받을 학생들은 정말 모두 행복한 사람입니다. 이것만은 자신 있게 말할 수 있어요.

안녕.

있지, 다스쿠.

오늘 밤은 달이 참 예쁘네요.

C⁺

밝게 빛나는 스마트폰 화면 위로 뚝, 뚝, 눈물이 떨어졌다. 흐려지는 글자. 스마트폰을 주머니에 넣고 웅크린다.

나는 이 대정전의 밤에 목 놓아 울었던 모양이다. 옥상이 으슬으슬하게 추웠다.

사쿠라를 추억하는 일 따위 없었다? 기억하는 숫자가 줄어들었다? 그건 허세였다. 나는 사쿠라를 절대 잊지 못한다.

만나고 싶지만.

사쿠라를 더는 만날 수 없는 거구나.

하지만 만나지 못한다고 해서 끝은 아니다. 나와 사쿠라가 보낸 시간은 절대 사라지지 않는다. 눈을 감고 떠올리면 빛을 뿜으며 살아있다. 유원지에서 신이 난 사쿠라. 둘이서 처음 찍은 사진. 축제에서 유카타를 입은 모습. 예뻤지. 밤, 같이 자판기까지 산책했다. 나막신 소리. 맞잡은 손. 체온. 냄새. 입술의 감촉. 얼굴을 떼고 부끄러워한 것. 사쿠라가 곁에 있고 그것만으로 나는 행복했다.

구원받은 건 오히려 나다.

사쿠라에게 답장을 보내고 싶었다.

그렇게 생각한 내가 수납장에서 꺼내 든 것이 예비전력장치였다.

애드벌룬 전류 케이블을 옥상 전원에서 이 예비전력장치로 옮긴다. 안전장치를 푼다. 준비는 금방 끝나버렸다.

나도 모르게 거리를 내려다보았다.

……그러자, 엄청난 수의 빛이 별처럼 빛나고 있었다. 역 쪽에서 언덕을 타고 끊어지는 일 없이. 마치 은하수처럼.

모두 연인들의 야광풍선이었다.

대정전의 밤에 야광 애드벌룬이 마지막 희망처럼 빛을 뿜는다. 어둠의 밑바닥에 잠긴 거리에 빛이 흐르고 거리는 잃어버린 윤곽을 되찾는다.

들려온다, 연인들의 웅성거림.

이 빛을 사쿠라에게 전하고 싶었다. 수납장에서 같이 꺼내온 길이를 조절하기 위한 칼로 게양 로프를 끊는다.

야광 애드벌룬이 밤하늘로 상승한다. 그 빛의 궤적을 눈으로 좇으며 나는 애드벌룬 야후에 사쿠라에게 보내는 마지막 마음을 적었다.

〉〉 달은 **언제까지나** 밝을 거야.

언제까지나 사랑할게. 그런 의미를 담았다. 마침 밤하늘에는 아름다운 보름달. 기구와 겹친다. 그 순간…….

나는 숨을 삼켰다.

야광 애드벌룬의 뒤를 쫓듯이 연인들의 야광풍선이 일제히 솟아오른 것이다. 빛의 구슬 비가 밤하늘을 거슬러 올라가듯 마음이 떨렸다. 나는 그 순간 더 이상 고독하지 않았다.

혼자가 아니었다.

각자의 야광풍선 끝을 쥔 보이지도 않을 연인의 모습들이 내게는 보이는 것 같았다. 밤하늘에 뜬 연인들. 풍선의 작은 불빛에 끌려가듯 그들은 기분 좋게 밤하늘을 헤엄쳤다.

　문득 애드벌룬을 바라보니, 우리 둘이 붙잡고 있었다. 밤바람이 불었다. 떨고 있는 사쿠라를 나는 감싸 안았다.

- 끝 -

저자 후기

시부야에 갈 때는 지하철로 갑니다. 지하에서 지상으로 올라가면 사람이 잔뜩 있고 고층빌딩이 늘어서 있어서, 시끄럽고 좀 냄새나고. 기본적으로 시부야에 가면 기분이 나빠집니다. 제 경우는 말입니다.

갈 때는 지하철이지만 올 때는 자주 버스를 탑니다. 백화점 맞은편을 눈여겨보며 버스정류장에서 버스를 기다립니다. 제가 타려고 한 버스는 늦게 올 때가 많아서 저는 인기 유튜버 동영상을 보거나 레시피 동영상을 보거나 지나가는 사람들의 대화에 귀를 기울이거나 하면서 버스를 기다립니다.

그리고는 광고 간판 같은 걸 보면서. 빌딩 옥사에 서 있는, 밝고 조명이 비치고 있는 그거 말입니다.

저는 그 광고 간판을 바라보면서 그 뒤에 있는 옥상에는 어떤 암흑이, 어떤 세계가 펼쳐져 있을까? 하고 상상해보곤 합니다.

이 소설은 그 상상 끝에 태어난 것이나 다름없습니다.

버스는 왼쪽 가장 앞 좌석을 좋아합니다. 비어있으면 바로 앉습니다. 버스 운전사님이 부드럽게 핸들을 돌리는 게 보고 싶어서요.

시부야를 떠난 버스는 하라주쿠 방면으로.

버스에 몸을 맡기고 밤의 풍경을 창문 너머로 바라보고 있자면 여러 가지 일을 생각하거나 떠올리곤 합니다.

학교 다닐 때 친구는 모두 지금 뭐 하고 살까? 어디서 무슨 느낌으로 살고 있을까?

궁금하긴 해도 굳이 물어보기도 그렇고.

누가 동창회라도 기획해주면 좋을 텐데.

하고, 저는 바로 그런 식으로 '누가…… 해주면 좋을 텐데.' 같은 식으로 생각하고 맙니다. 뭐든 의지하고 맙니다.

친구와 놀 약속도 생각해보니 누가 같이 놀자고 권하는 걸 기다리고 있네요. 제가 먼저 가자고 하지는 않고.

다만 기다리기만 하면 알아서 와주는 버스와는 사정이 다른데 말입니다.

버스는 하라주쿠 역 주변의 혼잡함을 빠져나올 때쯤부터 쭉쭉 달리게 됩니다. 버스 운전사님의 핸들 움직임은 아름답습니다.

밖이 완전 추운데, 한술 더 떠 버스 난방이 엄청 따뜻할 때는 창문에 김이 서려서, 김 너머로 밤의 불빛을 바라봅니다. 경치가 애매하게 보이고 지금 내가 어디에 있는지도 알 수 없어지는 게 재미있어요. 고향 버스에 타고 있는 게 아닌가 하는 착각에 빠지는 때도 있습니다. 우연히 같은 버스에 탄 옛 친구가 갑자기 뒤에서 어깨를 두들기지는 않을까.

뭐 이런 식으로 여러 가지 생각을 하는 사이 버스는 집에서 가장 가까운 버스 정류장으로.

지하철이 아니라 버스를 타고 돌아오는 덕분에 시부야도 제가 살고 있는 거리도 연결되어있다는 감각이 생깁니다.

지금까지 제가 쓴 소설은 대부분 판타지 요소가 들어가 있었습니다. 하지만 우리가 사는 일상과 이어진 그런 세계를 쓰려고 했습니다. 그야말로 집에서 가장 가까운 정류장에서 버스를 타고 바깥 경치를 멍하니 바라보는 사이 어느새 도착해버리기라도 한 듯.

이번 작품도 그렇습니다.

무대는 시부야역 앞 빌딩 옥상에서 보름달을 닮은 야광 애드벌룬(야간광고용 기구)가 날아올랐다는 설정 덕분에 살짝 환상적. 하지만 일상에서 멀리 떨어져 있지는 않습니다. 오히려 연결된 장소에 있는 듯한 그런 세계로 그렸습니다.

시부야에 가본 적이 있는 사람도 없는 사람도 누구나 재밌게 읽을 수 있는 내용으로 완성되었다고 생각합니다.

이 소설을 읽고,

시부야에 가보고 싶다거나,

연애를 하고 싶다거나,

그런 생각을 하시는 분이 있다면 저로서는 더할 나위 없이 기쁩니다.

담당 편집자님에게는 정말 감사하고 있습니다. 제가 어두운 곳에서 멍하니 서 있으면 따스한 빛을 손에 들고 길을 알려주시곤 합니다.

멋진 표지를 그려주신 일러스트레이터 오카즈 님께도 마음속 깊이 감사의 마음을. 마지막으로 여기까지 끈기 있게 읽어주신 독자 여러분의 인생에 행복이 함께하기를 기원하며.

마쿠라기 미루타

밤하늘은 올려다보는 그대에게 상냥하게

초판 1쇄 I 2019년 1월 25일
초판 6쇄 I 2024년 11월 30일

지은이 마쿠라기 미루타 I **옮긴이** 손지상
펴낸이 서인석 I **펴낸곳** 제우미디어 I **출판등록** 제 3-429호
등록일자 1992년 8월 17일 I **주소** 서울시 마포구 독막로 76-1 한주빌딩 5층
전화 02-3142-6845 I **팩스** 02-3142-0075 I **홈페이지** www.jeumedia.com

ISBN 978-89-5952-747-2
*파본은 구입하신 서점에서 교환해 드립니다.

제우미디어 네이버포스트 post.naver.com/jeumediablog
제우미디어 페이스북 www.facebook.com/jeumedia
제우미디어 트위터 twitter.com/Jeumedia

만든 사람들
출판사업부 총괄 손대현 I **편집장** 전태준
책임편집 박건우 I **기획** 홍지영, 장윤선, 안재욱, 조병준, 성건우
디자인 총괄 크리에이티브그룹 디헌 I **제작, 영업** 김금남, 권혁진